# Bianca

# EL DUEÑO DE SU VIRTUD
## Miranda Lee

HARLEQUIN™

Editado por Harlequin Ibérica.
Una división de HarperCollins Ibérica, S.A.
Núñez de Balboa, 56
28001 Madrid

© 2013 Miranda Lee
© 2019 Harlequin Ibérica, una división de HarperCollins Ibérica, S.A.
El dueño de su virtud, n.º 2743 - 27.11.19
Título original: Master of her Virtue
Publicada originalmente por Harlequin Enterprises, Ltd.
Este título fue publicado originalmente en español en 2013

I.S.B.N.: 978-84-1328-600-6
Depósito legal: M-29561-2019
Impreso en España por: BLACK PRINT
Fecha impresion para Argentina: 25.5.20
Distribuidor exclusivo para España: LOGISTA
Distribuidor para México: Distibuidora Intermex, S.A. de C.V.
Distribuidores para Argentina: Interior, DGP, S.A. Alvarado 2118.
Cap. Fed./Buenos Aires y Gran Buenos Aires, VACCARO HNOS.

# Capítulo 1

Y A ESTÁS lista para marcharte, Violet? –le preguntó su padre desde la cocina.

–Un momento –contestó ella. Estaba contenta de que las vacaciones de Navidad hubieran terminado y poder volver a su vida en Sídney.

Mientras echaba una última ojeada a la habitación pensó que antes le gustaba la Navidad. Y también esa habitación, antes de que le llegara la pubertad y su mundo infantil cambiara para siempre.

Entonces, la habitación se convirtió en una prisión, bonita y con todas las comodidades, pero una prisión, al fin y al cabo.

–Es hora de irse, Violet –dijo su padre desde el umbral–. No vayas a perder el avión.

«¡No, por Dios!», pensó ella mientras se echaba al hombro una bolsa y agarraba una maletita. Cuatro días en casa de sus padres eran más que suficientes, no solo porque le evocaba muchos recuerdos, sino también por los interminables interrogatorios a los que, sin mala intención, la había sometido su familia, sobre todo el día de Navidad, sentados a la mesa, cuando los hijos de su hermana habían ido a bañarse a la piscina. ¿Qué tal le iba en el trabajo? ¿Y la escritura? ¿Y su vida sentimental?

Al final siempre llegaban a su vida amorosa o, mejor dicho, a su falta de ella.

Cuando les dijo, como hacía todos los años, que no salía con nadie, Gavin, su hermano, le preguntó con mucho tacto si era lesbiana. Los demás comenzaron a gritarle, sobre todo su cuñado Steve, casado con su hermana Vanessa. Todos se rieron cuando dijo que, si Violet era lesbiana, él era gay.

Después habían cambiado de tema. Pero al día siguiente, mientras ella estaba con Vanessa recogiendo la cocina, su hermana le había preguntado:

–Sé que no eres lesbiana, Vi, pero ¿sigues siendo virgen?

Violet le había mentido diciéndole que había perdido la virginidad en la universidad.

No estaban muy unidas ni había mucha confianza entre ellas. Vanessa era ocho años mayor y nunca habían estado en la misma onda.

De todos modos, le parecía increíble que su familia creyera que sus relaciones con el sexo opuesto le resultarían fáciles. Un grave y persistente acné había arruinado su adolescencia y, de ser una niña feliz y abierta, se había convertido en una chica tímida e introvertida. El instituto fue una tortura debido a las burlas y al acoso de sus compañeros. Era habitual que volviera a casa llorando.

Su madre le compró todos los productos que había en el mercado, pero ninguno le dio resultado. Lo que no hizo fue llevarla al médico. Y no se curó del acné hasta que la orientadora escolar la llevó a su doctora.

Esta le había prescrito una loción antibiótica y la píldora anticonceptiva para corregirle el desequilibrio hormonal que le provocaba el acné. Los granos habían ido desapareciendo, pero le dejaron cicatrices. Además, Violet se dedicaba a comer a todas horas para aplacar la ansiedad, por lo que había ganado mucho peso.

Al final resolvió ambos problemas con una dieta sana, ejercicio y sesiones interminables de rayos láser en las que se dejó la herencia de diez mil dólares que había recibido de una tía abuela.

Pero las cicatrices emocionales que le habían dejado los años de baja autoestima en una época crucial de la vida no se le curaron tan fácilmente. Le seguía faltando seguridad en sí misma y en su aspecto, y le resultaba difícil creer que resultara atractiva a los hombres. Dos le habían pedido una cita, pero ella los había rechazado.

Era cierto que ninguno de los dos poseía las cualidades que ella deseaba en un hombre: no eran guapísimos, ni siquiera encantadores. No se parecían a los irresistibles héroes de las novelas románticas que había devorado en las largas horas que pasaba en su prisión.

Violet miró las estanterías, en las que todavía había algunas de esas novelas. Llevaba años sin leerlas, ya que sus hábitos de lectura habían cambiado con el paso del tiempo.

En la universidad tuvo que leer a Shakespeare y a los clásicos, además de literatura inglesa moderna, que era en lo que se había licenciado. Y también leía las novelas no publicadas que le enviaba Henry, un agente literario que le pagaba por leerlas. Con el tiempo se convirtió en la ayudante de Henry, por lo que leía numerosos superventas de todo el mundo para estar al día.

De pronto sintió la necesidad de comprobar si aquellas novelas románticas le seguirían resultando tan fascinantes como antes. Dejó la maleta en el suelo y buscó en la estantería una de sus preferidas, que contaba la historia de un pirata que secuestraba a una noble inglesa de la que se enamoraba.

–Vamos, Violet –su padre estaba impaciente.

–Un momento –replicó ella mientras miraba la fila de libros.

Allí estaba: la reconoció con alegría.

–Buscaba algo para leer en el avión –dijo mientras la metía en la bolsa.

Despedirse de su madre era difícil, ya que siempre lloraba.

–No esperes hasta la próxima Navidad para venir, cariño –le pidió su madre.

–De acuerdo, mamá –respondió Violet.

–Prométeme que vendrás en Semana Santa.

–Lo intentaré, te lo prometo.

Su padre no habló durante el trayecto al aeropuerto. No hablaba mucho. Era fontanero, un hombre sencillo y bueno que quería a su esposa y a su familia, aunque su preferido era Gavin, que también era fontanero. Vanessa estaba más unida a su madre, en tanto que Violet... Ella era la rara de la familia en todos los sentidos.

No se parecía a ninguno de sus progenitores. Era mucho más alta y tenía más curvas que Vanessa y su madre y, aunque los ojos y el cabello castaños eran como los de su padre, este, al igual que su hermano, era bajo y delgado.

Pero no solo su aspecto difería del de su familia: también tenía un cerebro distinto. Poseía un cociente intelectual de ciento cuarenta, una estupenda memoria, una mente analítica y talento para escribir. El año anterior había abandonado sus intentos de escribir su primera novela al ser incapaz de pasar del tercer capítulo.

Pensaba que su capacidad para la escritura se hallaba más bien en su habilidad para poner en palabras originales y estimulantes sus pensamientos. En el instituto, sus redacciones habían sorprendido a sus profesores, que la animaron a participar en un concurso cuyo primer premio era una beca para estudiar en la Universidad de Sídney.

La ganó y se fue a estudiar a esa ciudad. Halló alojamiento en casa de Joy, una viuda a la que ayudaba a limpiar la casa y a hacer la compra a cambio de un alquiler simbólico. Aún así, su padre tuvo que darle dinero para llegar a fin de mes hasta que encontró el trabajo de lectora.

Violet se había dado cuenta de que no quería depender de nadie, sino valerse por sí misma. A pesar de su falta de seguridad en cuanto a su físico, se sentía segura en otros aspectos de su vida: hacía bien su trabajo, cocinaba bien y era buena conductora gracias a Joy, que le había prestado el coche para que se sacara el carné. No se había comprado un coche porque prefería ir a trabajar en autobús, ya que aparcar en la ciudad era muy complicado.

Si tuviera una intensa vida social, se habría comprado un coche. Pero no la tenía, lo cual la molestaba. No era que se quedara siempre sola en casa. Salía con Joy, que, a pesar de sus setenta y cinco años y la artritis que padecía, seguía llena de energía. Los sábados por la noche iban a cenar, normalmente a un restaurante asiático, y después al cine.

Violet estaba contenta con la vida que llevaba. Ya no era desgraciada ni estaba deprimida como años antes. Pero secretamente anhelaba salir con un hombre y hacer algo con respecto a su virginidad.

Sonrió con ironía al pensar en el libro que llevaba en la bolsa. Lo que necesitaba era un pirata sexy que la secuestrara y la violara antes de que se diera cuenta.

Por desgracia, era poco probable que sucediera en aquella época.

—No hace falta que te bajes, papá —dijo cuando llegaron al aeropuerto.

—Muy bien. Dame un beso.

Violet lo besó en la mejilla.

—Adiós papá. Cuídate.

Unos minutos después estaba sentada en la sala de espera leyendo la historia del capitán Strongbow y lady Gwendaline. Al embarcar ya había leído la mitad y cuando el avión comenzó a descender estaba en el último capítulo.

La historia era como la recordaba: una trama llena de acción, las escenas de amor muy explícitas y el protagonista muy sexy. Pero había una diferencia con respecto a su recuerdo: la heroína tenía una personalidad mucho más fuerte y no se dejaba dominar por el capitán tanto como Violet creía. Le hacía frente constantemente, y al comprobar que iba a tener relaciones sexuales con ella su permiso o contra su voluntad, decidía no resistirse porque quería sobrevivir, no por miedo y debilidad. Y se enfrentaba a la prueba con valor, sin llorar ni suplicar, sino levantando la barbilla, desnudándose y haciendo lo que debía hacer.

Que el sexo con su captor resultara placentero dejaba perpleja a lady Gwendaline. Pero no era una víctima ni se mostraba débil. Era una superviviente porque tomaba decisiones que después llevaba a cabo.

Violet ahogó un suspiro mientras cerraba el libro y lo guardaba en la bolsa. Le gustaría ser tan valiente como la protagonista, pero ni siquiera se atrevía a salir con un hombre.

De pronto se dio cuenta de que no seguían descendiendo, sino que volvían a ascender, y muy deprisa. Antes de que tuviera tiempo de asustarse, se oyó la voz del piloto:

—*Señoras y señores, les habla el comandante. Tenemos un pequeño problema técnico con el tren de aterrizaje. Habrán notado que hemos dejado de descender. Hemos tenido que ascender de nuevo y nos mantendremos a esta altura hasta haber solucionado el problema. Por favor, mantengan los teléfonos y los portátiles apagados. No hay motivo de alarma. Les mantendremos informados. En breve volveremos a descender.*

Por desgracia, no fue así. Estuvieron esperando veinte tensos minutos y al final el comandante les dijo que tendrían que realizar un aterrizaje de emergencia.

Violet no entendió sus explicaciones porque el pánico se había apoderado de ella. Se produjo un tenso silencio mientras se disponían a aterrizar. A los más de ciento cincuenta pasajeros no les había tranquilizado la sangre fría del comandante ni que les hubiera asegurado que en la pista se habían tomado las medidas necesarias para cualquier emergencia.

La realidad era que podían morir todos.

Violet deseó no haber visto tantos documentales sobre accidentes aéreos. Los supervivientes decían que toda su vida les pasaba por la mente durante aque-

lla experiencia cercana a la muerte. A ella no le sucedió lo mismo, ya que lo único que pensó en aquel momento fue que iba a morir virgen, sin saber lo que era
el amor, el sexo ni la pasión.

Y todo por su culpa. Entonces se hizo una promesa: si sobrevivía, cambiaría y aceptaría cualquier
cita que le propusieran.

También dejaría de ir a un gimnasio exclusivamente femenino, se vestiría más a la moda, se maqui-
llaría, usaría perfume y joyas. Creería lo que viera en
el espejo, no lo que le indicara su mente. Y se com-
praría un coche, pues lo iba a necesitar al salir más.

Ya era hora de olvidarse del pasado y de enfrentarse a un futuro muy distinto.

«Si tengo futuro», pensó.

Cuando el avión tomó tierra, rezó en silencio. Las
ruedas derraparon un poco en la espuma que se había
echado en la pista, pero se agarraron a ella. Todos los
pasajeros comenzaron a reírse y a aplaudir, a abra-
zarse y a besarse.

Violet jamás se había sentido tan feliz. Tenía una
segunda oportunidad, y no la iba a desaprovechar.

# Capítulo 2

LEO estaba sentado en la terraza del piso de su padre, que daba al puerto, bebiendo una copa de vino tinto cuando oyó que sonaba un teléfono en el interior. No era el suyo, ya que siempre lo llevaba consigo.

—¡Henry, el teléfono!

No había llamado a su padre «papá» desde que se fue a Oxford a estudiar Derecho, y de eso hacía más de veinte años. Siempre habían estado muy unidos, pues la madre de Leo había muerto cuando él era muy pequeño y su padre no se había vuelto a casar.

Cuando Leo se fue a la universidad ya eran más amigos que padre e hijo. Henry propuso que se llamaran por el nombre de pila, y Leo lo aceptó de buen grado.

Iba a levantarse a contestar cuando el teléfono dejó de sonar, por lo que siguió bebiendo y disfrutando de la vista del puerto de Sídney.

Cuando, ocho años antes, Henry anunció que se iba a jubilar y a vivir a Australia, Leo se lo tomó con escepticismo. Su padre, al igual que él, era un londinense de pies a cabeza.

Henry era agente literario. Su esposa, que murió a causa de una meningitis a los treinta años, había sido escultora. Aunque no se había vuelto a casar, se le había relacionado con muchas mujeres a lo largo de los años, todas ellas artistas de un modo u otro: bailarinas de ballet, pintoras y, por supuesto, escritoras. ¿Cómo un hombre de sus gustos iba a ser feliz en Australia que, aunque ya no era el desierto cultural de antaño, no podía compararse con Londres?

Leo creyó que su padre se aburriría en seguida. Pero no había sido así. No se jubiló, sino que comenzó a trabajar desde su casa y representaba a diversos escritores australianos. Se había centrado en la novela negra y pagaba a una serie de lectores para que leyeran los manuscritos.

Uno de ellos había resultado ser una mina. Era Violet, una estudiante con la capacidad de distinguir el verdadero talento, así como de sugerir las correcciones que convertían un manuscrito prometedor en un superventas. Henry se tomaba muy en serio los consejos y opiniones de Violet, lo que se había traducido en una sucesión de superventas.

Pronto, la agencia literaria Wolfe se convirtió en la agencia a la que debía pertenecer todo escritor de novela negra.

Henry contrató a Violet como ayudante cuando esta acabó la carrera, y fue entonces cuando se compró el piso en el que en aquel momento se hallaba Leo.

A este le había impresionado la vivienda, y también Sídney, una ciudad preciosa, con un clima maravilloso y un montón de cosas que ver y hacer. No había tantos teatros y museos como en Londres, pero los restaurantes eran de primera, había buenas tiendas y las playas eran para morirse. Por no hablar del puerto.

Leo llevaba allí una semana disfrutando de lo atractiva que resultaba la ciudad para la gente procedente de la oscura y triste Inglaterra. Era estimulante ver brillar el sol en un cielo despejado.

Al menos a él le resultaba estimulante, ya que últimamente se encontraba algo deprimido porque su última película había fracasado en la taquilla, lo cual le había resultado muy duro después de haber hecho, en los diez años anteriores, varias películas seguidas que habían tenido mucho éxito.

Uno de los motivos por los que había aceptado la invitación de su padre de pasar la Navidad y el Año Nuevo con él había sido el de alejarse de los medios de comunicación. Cuando volviera a Inglaterra, esperaba que los críticos hubieran hallado a otro a quien lanzar sus dardos envenenados. ¡Su película no era tan mala!

Se estaba terminando la copa de vino cuando su padre entró en la inmensa terraza con la botella y una copa en la mano.

–¡No me lo puedo creer! –exclamó Henry mientras se sentaba y se servía vino.

Tenía la irritante costumbre de comenzar la conversación con una afirmación de ese tipo, de la que no ofrecía explicación alguna hasta que no le preguntaban.

–¿El qué?

Henry volvió a llenar la copa de Leo antes de responder.

–Ha llamado Violet, mi ayudante. Dice que va a venir a la fiesta de Nochevieja.

Leo sabía que Violet era muy inteligente y muy poco dada a las relaciones sociales. Henry le había dicho que, aunque no era fea, vestía muy mal, sin estilo y sin seguridad en sí misma como mujer. Lo acompañaba a comer o a tomar un café, pero nunca iba con él a las comidas con clientes ni a ningún otro tipo de reunión social.

Henry era un tipo muy sociable. En Londres, sus fiestas de Nochevieja habían sido legendarias. Violet nunca había ido a ninguna de ellas, ni siquiera cuando se fue a vivir a aquel piso, desde donde podían verse los famosos fuegos artificiales del puerto a medianoche.

Parecía que vivía con una viuda y que nunca había tenido novio, según Henry. Leo pensó que tal vez hubiera tenido una mala experiencia sexual que la impulsara a rechazar a los hombres.

—¿Le has dicho que es una fiesta de disfraces?

Henry había estipulado que los invitados deberían ir disfrazadas de un personaje de película.

—Sí, y no parece haberse inmutado.

—Es incluso más sorprendente —Leo pensó que tal vez su padre estuviera equivocado con respecto a la personalidad de su ayudante. Tal vez tuviera una vida amorosa secreta—. ¿Qué disfraz elegirá?

—Quién sabe, pero espero que alguno más imaginativo que el tuyo.

—Vamos, Henry, no esperarías que me pasara toda la noche con leotardos verdes y un sombrero con pluma.

—Serías un estupendo Robin Hood con tu cuerpo atlético.

Leo estaba en forma, pero tenía cuarenta años, no veinticinco.

—Creo que el personaje que he elegido me va mejor.

—¿Porque eres un mujeriego?

A Leo le sorprendió el comentario de su padre, ya

que no se consideraba un mujeriego. Era cierto que se había casado dos veces y que siempre iba acompañado de una joven y atractiva actriz a todos los actos sociales a los que acudía.

Pero lo que nadie sabía era que no se acostaba con ellas. Ya no. Había aprendido de sus errores. La única mujer con la que se acostaba era Mandy, una divorciada de cuarenta años adicta al trabajo que tenía una agencia de actores en Londres y que era la discreción personificada sobre la relación exclusivamente sexual que mantenían.

—No soy un mujeriego —aseguró Leo, molesto.

—Claro que lo eres. Lo llevas en la sangre. Eres como yo. Quería mucho a tu madre, pero a veces pienso que fue una bendición que se muriera cuando lo hizo, porque no le habría sido fiel. La habría hecho desgraciada, como tú hiciste a Grace.

—No fui infiel a Grace —masculló Leo— y no la hice desgraciada.

Por lo menos hasta después de que él le pidiera el divorcio. Hasta entonces ella no se había dado cuenta de que no la quería y de que nunca la había querido, aunque no era eso lo que él creía cuando le pidió que se casaran. Pero entonces tenía veinte años y ella estaba embarazada. Había confundido el sexo con el amor.

Cuando Liam nació, Leo se enamoró de su hijo y trató de que el matrimonio funcionara por el bien del niño. Al final, al cabo de nueve años, pidió el divorcio a Grace. Comenzaba a interesarse por el mundo del cine y quería cambiar algo más que su profesión. No le gustaba ser abogado y ya no podía soportar hacer el amor con una mujer a la que no quería.

Grace no lo castigó y le concedió la custodia de Liam. Seguían siendo buenos amigos.

Pero Leo no había olvidado el dolor en sus ojos, y se prometió que no volvería a causar semejante dolor a otra persona. Y no lo había hecho, ni siquiera cuando se divorció por segunda vez.

–¿De verdad, Leo? Entonces, ¿cuál fue el problema? No me has explicado las razones de tu primer divorcio. Supuse que habría otra mujer.

–No la había. Simplemente dejé de querer a Grace.

–Siento haberte juzgado mal, pero podías habérmelo dicho.

–No quería hablar de ello. Supongo que me avergonzaba de mí mismo.

–No hay que avergonzarse de ser sincero. Así que no le fuiste infiel. Supongo que no pasó lo mismo en tu segundo matrimonio.

Leo se echó a reír con algo de amargura.

–La infidelidad fue un factor importante en ese divorcio, pero no la mía.

Henry frunció el ceño antes de llevarse la copa a los labios.

–¿Helene te fue infiel?

Leo volvió a reír.

–Lo dices como si fuera imposible.

Henry miró fijamente a su hijo: un hombre muy guapo, con mucho éxito y mucho encanto. Desde niño, a las mujeres les había resultado irresistible.

Su tía Victoria lo adoraba y le proporcionó el cariño y la atención de una madre, así como el amor por la música y el cine.

En las vacaciones de verano lo llevaba al extranjero para que conociera las maravillas del mundo y otras culturas. También le enseñó a escuchar, y por eso las mujeres lo encontraban tan atractivo, además de por su belleza, que era cosa de familia.

A Henry le parecía imposible que una mujer buscase a otro hombre estando con Leo.

–¿Con quién se acostaba esa tonta? ¿Con alguno de los actores protagonistas de sus películas?

–Con todos –afirmó Leo con sequedad–. De eso me enteré después. Solo la pillé una vez con uno, y me dijo que era únicamente sexo, que lo hacía para relajarse antes de rodar una escena. ¿Hablamos de otra cosa? ¿Del vino, por ejemplo?

–¿Te gusta?

–Es tan bueno como los que se compran en Europa.

–No hay nada comparable a un shiraz del sur de Australia. Y no hay nada comparable al puerto de Sídney en Nochevieja.

–Esperemos que el buen tiempo dure.

–Sí, y que Violet no se raje en el último minuto, aunque creo que no lo hará. Por teléfono parecía distinta, más segura de sí misma, Creo que vendrá, aunque espero que no aparezca disfrazada de un personaje aburrido, como Jane Eyre o una monja.

–La mayoría de las películas en las que sale una monja no son aburridas. A la tía Victoria le gustaban mucho.

–Mi querida Victoria –dijo Henry con tristeza–. Sigo echándola de menos muchísimo.

–Yo también –la tía de Leo había muerto hacía unos años, poco antes de que él se casara con Helene–. Le hubiera encantado este sitio.

–Sí, creo que sí. ¿Brindamos por ella?

Leo sonrió.

–Por la tía Vicky –alzó la copa y la chocó con la de su padre–. Si siguiera viva, seguro que no vendría a tu fiesta disfrazada de monja.

Henry se echó a reír.

–Tienes toda la razón: no tenía nada de tímida ni de retraída.

Bebieron y se quedaron en silencio.

Leo volvió a pensar en la ayudante de Henry. Despertaba su curiosidad, por lo que estaba deseando conocerla y ver qué disfraz llevaría. Quedaban dos días para Nochevieja. Tendría que esperar, aunque la paciencia no era una de sus virtudes.

# Capítulo 3

NO HAY motivo para ponerse nerviosa –dijo Joy a Violet al aproximarse a la calle donde vivía Henry–. Estás muy guapa.

Violet sabía que se lo decía para tranquilizarla, ya que no estaba guapa, sino muerta de miedo.

Sus buenos propósitos de ser valiente se habían evaporado en el momento de montarse en el coche de Joy.

–Creo que no voy a ser capaz, Joy –afirmó retorciéndose las manos.

Joy dio un suspiro, aparcó y apagó el motor antes de mirar a Violet con severidad.

–¿Tengo que recordarte lo que te pasó en el avión, Violet, y lo que me dijiste que habías decidido a partir de aquel momento?

Violet, avergonzada, hizo una mueca.

–Vivir con miedo no es vivir. Tú decides: si quieres, te llevo a casa, pero mañana te despreciarás por tu cobardía –Joy le acarició la mano–. Sé que es difícil para ti, pero alguna vez tienes que empezar. No puedes pasarte la vida escondiéndote. Ya no eres una adolescente llena de granos y cicatrices, sino una bonita joven de piel clara, hermosos ojos y con un tipo que me hubiera encantado tener de joven.

–¿En serio?

–Pues claro. A tu edad no tenía senos ni cintura. Pero estamos hablando de ti. ¿Qué vas a hacer: ir a la fiesta de tu jefe o vas a portarte como una pánfila y una papanatas y me vas a pedir que te lleve a casa? Si me pides que volvamos, me enfadaré mucho, ya que me ha costado una eternidad encontrar el disfraz que llevas entre toda la ropa que llevo años guardando por puro sentimentalismo, y aún he tardado más en arreglarlo para que te estuviera bien. Cuando Lisa hizo de Blancanieves en la universidad era delgada y plana como yo, así que ya ves todo lo que he tenido que cortar y coser.

Violet se miró el vestido y se sobresaltó al ver lo escotado que era y cuánto se le veían los senos. Al mirarse, de pie, en el espejo de Joy, no le había parecido tan atrevido. Se puso todavía más nerviosa, ya que no estaba acostumbrada a mostrar el cuerpo.

«A lady Gwendaline no le hubiera importado», pensó de repente.

–Y recuerda todo el dinero que me he gastado en lo demás –prosiguió Joy implacable–. Zapatos nuevos, peluquería y maquillaje. Un desperdicio, si ahora decides volver.

Fue el pensamiento sobre lady Gwendaline, más que las palabras de Joy, lo que hizo que Violet se decidiera. Inspiró profundamente y dijo:

–Muy bien, iré.

A Joy se le iluminó el rostro.

–Estupendo. Estoy orgullosa de ti.

Violet seguía muerta de miedo, pero volver a casa era impensable.

–Te aconsejo que te tomes un par de copas de vino cuando llegues para quitarte los nervios.

–De acuerdo

–Si lo piensas bien, no tienes nada que temer, solo es una fiesta.

Violet pensó que tenía razón. Además, no estaría rodeada de desconocidos, ya que Henry estaría allí, así como alguno de los escritores a quienes conocía o con los que había hablado por teléfono.

Por desgracia, habría mucha gente a la que no conocía, gente del mundo artístico: pintores, dramaturgos, músicos...

–¡Se me había olvidado! –exclamó mientras Joy se dirigía al aparcamiento del edificio de Henry–. Su hijo estará allí.

–¿El productor de cine?

Henry hablaba continuamente a Violet de su hijo y de sus éxitos cinematográficos, y esta se lo contaba a Joy.

–Sí, Leo. Ha venido de Londres a pasar la Navidad con su padre.

–¿Y eso te supone un problema?

–No, supongo que no, pero... es muy famoso, y muy guapo. Henry tiene una foto de él en el escritorio, de cuando le dieron un premio por una de sus películas.

–¿Ha venido con su esposa? ¿No está casado con Helene Williams, la actriz?

–Lo estuvo, pero se han divorciado.

–Entonces, mantente a distancia –le aconsejó Joy mientras se detenía al lado de un deportivo rojo–. Sobre todo si ese es su coche.

–Por favor, Joy, dudo que un hombre como Leo Wolfe se interese por mí. Para empezar, debe de tener más de cuarenta años, ya que tiene un hijo de veinte de su primer matrimonio –Violet había conocido a Liam cuando este había pasado unos días con su abuelo ese año. Un chico guapo y encantador.

–A los hombres mayores suelen gustarles las jóvenes –señaló Joy.

«Sobre todo las dulces e inocentes como tú», pensó. Esperaba haber hecho bien animando a Violet a acudir a la fiesta, aunque era evidente que su jefe, muy rico, y sus amigos, más ricos aún, se movían en ambientes en los que era probable que no se tuvieran en cuenta los valores y la moral tradicionales. Los ricos y famosos tenían sus propias normas.

De todos modos, ya era tarde para plantearse dudas. Además, no era la madre de Violet.

Sin embargo, se sentía responsable de ella. Con los años, se había convertido en algo más que una inquilina. Era su amiga.

–He pensado –prosiguió en tono pretendidamente despreocupado– que te resultará muy difícil encontrar un taxi para volver. ¿Qué te parece si vengo a buscarte sobre la una?

–No puedo pedirte una cosa así, Joy.

–No seas tonta, no voy a acostarme, veré los fuegos y volveré cuando acaben. Te llamaré por teléfono al llegar. Llevas el móvil, ¿verdad?

–Sí, en el bolso.

–Entonces, quedamos así. Venga, vete antes de que cambies de opinión.

Violet abrió la puerta, se bajó del coche y se inclinó para decir a Joy:

–Gracias por todo.

Joy ahogó un gemido al ver los impresionantes senos de Violet sobresaliendo por el estrecho corpiño.

–Tal vez llegue antes de la una –observó apresura-
damente.

–Cuando quieras. Por cierto, ¿qué horas es? No llevo
reloj.

Joy miró el del salpicadero.

–Casi las ocho y media.

La invitación era para cualquier hora a partir de las
ocho, pero todo estaba muy tranquilo. Henry había invitado a sesenta personas. Lo sabía porque había sido
ella la que había mandado las invitaciones por correo
electrónico.

–¿Crees que llego pronto?

–Tal vez. ¿Quieres volver a montarte y esperar un
poco?

Violet sabía que si lo hacía no volvería a bajar.

–No, voy a entrar. Gracias de nuevo por traerme,
Joy. Y por venir a buscarme.

–De nada.

–Vete ya, sé el camino.

Había estado un par de veces en el piso de Henry.
La primera fue antes de que lo comprara, la segunda,
pocos meses después, porque Henry quería que viera
cómo había quedado. Era indudable que se trataba de
un piso estupendo con una vista del puerto espectacu-
lar, pero ella no se sentiría cómoda viviendo en un sitio así. Las paredes que daban al puerto eran todas de
cristal, sin cortinas que proporcionaran intimidad.

Pero no estaba nada mal para celebrar una fiesta de
Nochevieja.

¿Dónde estaban los demás? Era raro que nadie hubiera llegado desde que lo habían hecho Joy y ella. Tal
vez todos estuvieran dentro y ella llegara tarde.

Se dirigió al portal. Un guardia de seguridad estaba sentado tras el mostrador de recepción.

Al entrar sonó un timbre y el guardia, un hombre de unos sesenta años y aspecto jovial, levantó la cabeza.

–¿Va a la fiesta del señor Wolfe?

–Sí.

–¿Me dice su nombre, señorita?

–Violet Green.

El portero consultó una lista.

–Puede subir.

–Gracias. ¿Ha llegado alguien más?

–Solo los encargados de la comida. Usted es la primera invitada, pero estoy seguro de que los demás no tardarán en llegar. Mire, ahí llega alguien más.

Violet vio que se acercaba una limusina blanca que se detuvo frente a la entrada. El chófer se bajó, abrió la puerta trasera y adoptó la posición de firmes mientras descendían Enrique VIII y una de sus esposas, imposible saber cuál. Los vestidos eran muy caros, y Violet se sintió incómoda con su disfraz casero.

Y no porque estuviera mal confeccionado, no era el caso. Y se parecía al vestido que casi todo el mundo se imaginaba al pensar en Blancanieves, el de la película de Walt Disney. Hasta ese momento había estado muy satisfecha de su atuendo.

–¿Hay servicios aquí abajo? –preguntó rápidamente al portero, antes de que los recién llegados entraran.

–Al final del pasillo, señorita, al lado del ascensor.

–Ah, sí, ya los veo.

Con la mano en el picaporte recordó la conversación con Joy, y revivió en ella la determinación de acabar con su timidez de una vez por todas. En vez de abrir la puerta del servicio apretó el botón del ascensor. Las puertas se abrieron de inmediato y se montó.

«Es Nochevieja», se dijo mientras subía al primer piso. Una noche para olvidarse del pasado y mirar hacia el futuro.

Lady Gwendaline no se arredraba ante nada, ni siquiera después de que ese rufián la hubiera secuestrado.

«Cuando notes que te abandona el valor o la confianza, piensa en ella. Y, sobre todo, no seas pánfila».

# Capítulo 4

LLAMAN a la puerta –dijo Henry a Leo. Estaban abriendo botellas de champán–. Ve a abrir, por favor. Voy a la cocina a decirles que empiezan a llegar invitados.

–Muy bien –Leo dejó la botella en una cubitera y se dirigió a la puerta.

Al abrirla halló a una deliciosa Blancanieves que no iba acompañada de ningún príncipe. Notó que lo miraba con sus grandes ojos castaños como si fuera un marciano. Supuso que era porque el esmoquin, la camisa blanca y la pajarita no parecían un disfraz.

–Buenas noches, Blancanieves. Entra, por favor. Me llamo Bond, James Bond.

–Ah –dijo ella sonrojándose de modo encantador.

Fue entonces cuando Leo se dio cuenta de quién era.

–Eres Violet, ¿verdad? La ayudante de mi padre.

–Sí, pero ¿cómo lo...?

–Por pura intuición –la interrumpió él–. Supongo que sabes quién soy. Quiero decir, cuando no soy James Bond.

Ella le sonrió con dulzura.

–Sí, el hijo de Henry, Leo, el famoso productor de cine.

–Tal vez ya no tan famoso después de mi última película. Pero no hablemos de eso ahora. Entra.

Ella lo hizo y él cerró la puerta y la tomó del codo para conducirla al salón, enorme pero vacío.

–He llegado pronto –afirmó ella, algo apurada.

–De ningún modo. Son los demás los que llegan tarde.

Ella volvió a sonreír, pero él se dio cuenta de lo tensa que estaba. Henry no había exagerado al decirle que carecía de seguridad en sí misma, aunque Leo no entendía por qué. Era muy atractiva y, como era obvio, muy inteligente, ya que, en caso contrario, Henry no la hubiera contratado.

–Henry está en la cocina con los encargados de la comida. Vamos a dejar tu bolso en su habitación, a no ser que quieras tenerlo contigo toda la noche.

–No –dijo ella mientras lo seguía al dormitorio y dejaba el bolso en una mesilla.

–También puedes usar el cuarto de baño de la habitación, así no tendrás que compartir el servicio principal con los demás invitados. Henry, ha llegado Violet –gritó.

Henry salió de la cocina. Iba disfrazado de fraile. Leo notó su sorpresa al ver a Violet.

–¡Vaya! Al principio no te he reconocido.

Era evidente que Violet no siempre estaba tan guapa como esa noche, pero Leo pensó que no era solo cuestión del vestido, el peinado y el maquillaje. Tenía unos ojos preciosos, la piel de porcelana, bonitos pómulos, una boca carnosa y un buen cuerpo, al menos las partes que veía. Se dijo que tal vez no fuera tan perfecta bajo el vestido y que tuviera los muslos enormes y los tobillos anchos. Era imposible saberlo.

–Yo tampoco te he reconocido –replicó ella.

Henry había cubierto su pelo cano con una peluca

castaña y llevaba una almohada atada a la cintura, bajo el hábito.

–Estás preciosa.

Ella volvió a ruborizarse. En ese momento, Leo abandonó la teoría de que tuviera una vida amorosa secreta. Las amantes no se ruborizaban así.

Pero tampoco le parecía pura como la nieve; era demasiado atractiva. Además debía de tener veinticinco o veintiséis años.

Su primera teoría tenía que ser la correcta: había tenido una mala experiencia sexual en la universidad que había hecho que se encerrara en sí misma.

«Pobrecilla», pensó al tiempo que decidía hacer todo lo que pudiera para que disfrutara de la fiesta, ya que le parecía que le había tenido que costar mucho acudir.

El timbre de la puerta volvió a sonar y Leo dejó de comerse con los ojos los senos de Violet y miró a su padre.

–¿Voy a abrir?

–No, lo haré yo. Sírvele a Violet una copa de champán.

–¿Te gusta el champán? –le preguntó Leo–. Puedes tomar otra cosa, si prefieres. Henry tiene de todo –la dejó al lado de un taburete y se situó detrás de la barra, en la que había copas y botellas.

–Creo que nunca he probado el champán –dijo ella sin dar muestras de querer sentarse en el taburete, lo cual era comprensible, dada la anchura de la falda.

–No importa, te gustará. Henry solo compra lo mejor.

–¿Siempre llamas Henry a tu padre?

Leo llenó dos copas.

–Desde que empecé a ir a la universidad. Fue idea suya. Supongo que no quería que las mujeres que le gustaban supieran que tenía un hijo mayor –le dio una copa a Violet y se llevó la otra a los labios.

–Creía que James Bond solo bebía dry martinis –observó ella esbozando una sonrisa.

Leo pensó que resultaba muy provocativa al sonreír así, y más aún porque no era consciente de su atractivo.

–Debo hacerte una confesión.

–Dime.

–Creo que no sería un buen James Bond. Me canso solo de verlo en acción; todas esas persecuciones de coches y peleas. Y después tiene que hacer el amor con media docena de mujeres, la mayoría de las cuales quieren matarlo.

Ella se echó a reír, pero no con la risa a la que él estaba acostumbrado en las mujeres. No era forzada ni insinuante, sino natural.

Leo se dio cuenta en ese momento de lo harto que estaba de la compañía de las mujeres con las que solía salir, jóvenes actrices que conocía en fiestas y estrenos, que no lo consideraban simplemente un hombre, sino un escalón para progresar en sus carreras. Lo elogiaban sin medida, estaban pendientes de lo que decía y se reían con coquetería aunque no hubiera dicho nada gracioso.

No se imaginaba a Violet actuando así. No había falsedad en ella.

La perspectiva de pasar la Nochevieja en su compañía le resultaba placentera. Ya antes había despertado su curiosidad, pero no imaginó que lo hechizaría de aquel modo.

Unas risas hicieron que mirara por encima del hombro de Violet al grupo de invitados que acababa de llegar: Enrique VIII con su esposa, y Napoleón y Josefina.

Aunque no conocía a quienes llevaban los disfraces, estaba seguro de que estos se adecuaban a su verdadera personalidad: ellos serían despiadados y ellas, poco más que un adorno. Conocía a muchos así.

Sin embargo, no conocía a personas como Violet, que era un soplo de aire puro en un mundo contaminado.

–¿Salimos a la terraza? –le propuso él, deseoso de saber más de ella.

# Capítulo 5

VIOLET vaciló al recordar la advertencia de Joy de mantenerse alejada de Leo Wolfe.

Pero después recordó lo que se había dicho a sí misma: que un hombre como él no se sentiría atraído por una mujer como ella. Simplemente estaba siendo amable.

A ella sí le resultaba enormemente atractivo. En realidad, le parecía el hombre más encantador que había conocido.

No había conocido a nadie, hombre o mujer, con quien fuera tan fácil hablar, a excepción de Henry, tal vez. Era evidente que el encanto era cosa de familia, así como el hecho de parecer más joven. Henry no aparentaba lo sesenta y ocho años que tenía, y su hijo no parecía tener más de treinta y cinco, aunque debía de ser diez años mayor.

–Tendremos que apurarnos –afirmó Leo mientras agarraba la cubitera con la botella de champán– si queremos conseguir los mejores asientos para los fuegos artificiales de las nueve. A no ser que quieras quedarte aquí y que te presenten a todos los invitados.

–De ninguna manera –le aseguró ella mientra daba un sorbo de champán.

Leo sonrió.

–Piensas como yo. Vamos, pues, Blancanieves.

Violet bebió un poco más mientras él se detenía ante las puertas correderas de la terraza.

–Tienes que ayudarme.

Ella se apresuró a abrir una de ellas con cuidado de no derramar el contenido de su copa.

Cuando los dos hubieron salido, él preguntó:

–¿Qué mesa prefieres?

Violet eligió una situada en el medio, lo cual pareció agradar a Leo.

–Una excelente elección –dijo al tiempo que dejaba la cubitera en el centro y se sentaba frente a ella–. Mira qué vista.

Violet se había quedado impresionada las dos veces que había estado en el piso, pero nunca había visto de noche la ciudad iluminada.

–Me muero de ganas de ver los fuegos. Faltan nueve minutos –dijo mirando el reloj–. ¿Te sirvo más champán? Por supuesto que sí.

Ella se sorprendió al ver que su copa estaba medio vacía. Supuso que sería por los nervios y, también, porque estaba delicioso.

–Henry me ha dicho que no habías venido antes a ninguna de sus fiestas de Nochevieja –afirmó Leo después de volver a llenar las copas.

–Pues no.

–¿Por qué?

No podía decirle la verdad.

–No me gustan mucho las fiestas.

Leo asintió.

–Me está empezando a pasar lo mismo. Me gustaban mucho, pero eso fue antes de cumplir los cuarenta el año pasado.

–¿Solo tienes cuarenta?

Leo se echó a reír.

–¡Vaya! ¿Tan viejo y disoluto parezco? Y yo que pensaba que estaba envejeciendo muy bien.

–¡Y lo estás haciendo! –exclamó ella, roja de vergüenza–. Hace un momento pensaba que no parecías mayor de treinta y cinco. Pero entonces recordé que tenías un hijo de veinte años y pensé...

–¿Que un hombre de mi supuesta inteligencia no habría tenido un hijo antes de ser adulto? –él acabó la frase en tono amargo–. Por desgracia, la inteligencia no controla las hormonas de un joven de veinte años, un hecho que he tratado de inculcar a mi hijo. De todos modos, hoy las cosas son distintas. Aunque dejes a una mujer embarazada no tienes forzosamente que casarte con ella.

–Pensaba que hace veinte años tampoco –observó Violet con una audacia desconocida en ella, que tal vez fuera efecto del champán.

–Tienes razón, desde luego. No tenía que casarme, pero creí que estaba enamorado. El matrimonio estuvo condenado desde el principio, pero no fue un completo desastre, ya que tengo un hijo maravilloso al que adoro.

Dio un largo trago de champán y la miró con expresión de asombro.

–¿Qué demonios hago aburriéndote con la historia de mi vida?

–No me aburres –respondió ella mirándolo a los ojos–. En absoluto.

Leo sonrió, y ella volvió a pensar que era muy guapo.

–Eres muy amable, pero preferiría que habláramos de ti.

–Eso sí que sería aburrido –afirmó ella mientras bebía otro sorbo de su copa.

–No me lo parece. Henry me ha contado muchas cosas de ti, ninguna de las cuales era aburrida.

–Espero que no te haya dicho nada malo.

–Al contrario, todo han sido elogios. Me ha dicho que no tienes novio, lo que me resulta increíble. Sin embargo, has venido sola. ¿Qué pasa, Violet? ¿Por qué no hay nadie en tu vida?

Ella bajó los ojos.

Leo estiró la mano y le rozó la muñeca. Ella sintió algo parecido a una descarga eléctrica que le recorrió el cuerpo, le endureció los pezones y le oprimió el vientre. Se puso tensa ante aquellas sensaciones desconocidas, pero las reconoció enseguida, ya que eso era lo que Lady Gwendaline había experimentado cuando el pirata la había acariciado.

–Perdóname, Violet. No debí haberte hecho una pregunta tan personal. Te pido disculpas.

El cuerpo de ella no se calmó ni siquiera cuando él retiró la mano. Le pareció que ardía. Alzó la vista de nuevo hacia sus ojos esperando que él no viera en ellos el deseo.

–No tienes que disculparte –dijo con sorprendente calma, seguramente a causa del champán–. No tengo novio por algo que me sucedió en el pasado.

Leo asintió.

–En cuanto te he visto, he pensado que era eso lo que pasaba. ¿Quieres contármelo o es demasiado doloroso?

En ese momento, Violet cayó en la cuenta de lo que Leo estaba pensando: que había tenido una experiencia sexual desagradable o que alguien le había partido el corazón. Una semana antes hubiera dejado que lo siguiera creyendo, pero las cosas habían cambiado.

No quería mentirle, que era lo que hacía antes a los demás y a sí misma.

El hecho de que Leo la atrajera muchísimo tal vez la hubiera hecho cambiar de opinión sobre decirle la verdad si él fuera australiano. Pero él volvería a Inglaterra al cabo de pocos días y era la persona ideal para ir aprendiendo a sincerarse.

—No, no es lo que crees. No tiene nada que ver con una mala experiencia con el sexo opuesto.

—¿Entonces?

¿Por dónde empezaba?

—Es una larga historia —como había descubierto un rato antes, una cosa era decidirse a pasar página y otra muy distinta hacerlo.

—Tenemos toda la noche —apuntó él.

Violet pensó que no era así, ya que en cualquier momento aparecería Henry buscando a su hijo.

Pero no fue este quien los interrumpió, sino los fuegos artificiales que estallaron iluminando el cielo nocturno.

Todos los invitados salieron a la terraza y comenzaron a lanzar exclamaciones de asombro. Violet sabía que aquel espectáculo no era nada comparado con el que tendría lugar a medianoche.

Les fue imposible seguir hablando. Cuando acabaron, Henry dijo a su hijo que quería presentarle a todo el mundo.

Leo se levantó y la tomó de la mano.

—Ven conmigo, Blancanieves. Te necesito a mi lado para protegerme de la manada.

Violet se percató enseguida de a qué se refería. Todas las mujeres, incluso las casadas, flirtearon descaradamente con él. Incluso los hombres lo elogiaron de modo nada sutil, probablemente porque muchos de ellos pertenecían al mundo del cine. Henry había tratado de invitar a personas cuya compañía creyó que gustaría a Leo.

Violet pensó que este hubiera preferido pasar desapercibido, pero se mostró educado con todos. Era evidente que sabía relacionarse con los demás.

Cuando hubo acabado, volvió a la terraza para conocer a los invitados que estaban allí. Henry se acercaba de vez en cuando, pero en general dejó que la gente disfrutara de la compañía de Leo sin interferir.

Por suerte, pocos dirigieron la palabra a Violet, pero cuando lo hicieron ella actuó con soltura, sin tartamudear ni quedarse muda y ofreciendo una opinión inteligente, especialmente sobre películas. Llevaba muchos años yendo al cine y sabía de lo que hablaba.

Su seguridad aumentó gracias al champán, que no dejaba de beber, y a que Leo la tenía agarrada de la mano. Le encantó sentir sus dedos entrelazados y comenzó a imaginarse que, aunque aún no eran amantes, lo serían antes de que acabara la noche. Y cuando los invitados se marcharan, la llevaría a su habitación donde la desnudaría lentamente y...

–Violet...

Ella volvió a la realidad.

–Come algo –dijo él mientras le indicaba con un gesto al camarero que esperaba a su lado con una bandeja de canapés y volovanes que tenían un aspecto delicioso.

Violet vaciló. Tenía hambre, pero para comer tendría que soltar la mano de Leo.

–No, gracias.

Fue en vano, ya que fue él quien se soltó y agarró dos canapés.

–Vamos, cariño, no es una noche para hacer dietas estúpidas. Sé buena y tómatelo –dijo mientras le metía un canapé en la boca.

Estaba delicioso. Y también era una delicia que la hubiera llamado «cariño».

Por lógica, había empleado ese término como parte de la estrategia de que, frente a los demás, pareciera lo que no era, pero ningún hombre la había llamado así, y mucho menos uno tan carismático como Leo. Sería maravilloso que fuera verdad.

Pero, al cabo de unos segundos de deleitarse en la idea, la desechó como otra de sus fantasías. Leo estaba fuera de su alcance. Aunque, ¿quién la impedía soñar? Además, era divertido fingir que esa noche era su amante.

Lo miró con ojos brillantes mientras se tragaba el canapé con un sorbo de champán.

–Gracias, cariño –dijo, contenta de lo convincente que había parecido.

¿Quién le hubiera dicho dos horas antes que vencería los nervios tan magníficamente?

Joy se quedaría sorprendida.

Ella ya lo estaba.

# Capítulo 6

AL PERCIBIR como arrastraba ligeramente las palabras, Leo pensó que Violet iba camino de emborracharse, y solo eran las diez y media. No había dejado de beber champán desde su llegada, lo cual, hasta cierto punto, era culpa suya. Como le había parecido que estaba muy tensa, le había llenado la copa varias veces para que se relajara.

A Henry le disgustaría que la hubiera emborrachado.

Comenzó a sonar, oportunamente, música de baile. Un poco de ejercicio y no beber más era lo que Violet necesitaba, así como comer. A las once servirían un bufé. Leo decidió que, hasta entonces, bailarían para disipar, en cierta medida, los efectos del alcohol.

—Perdonen —dijo al grupo de personas con el que se hallaban—, pero tocan música de baile y me encanta bailar.

Le quitó a Violet la copa de las manos, la dejó en una mesa y la condujo, casi a la fuerza, al interior.

—¡Pero no sé bailar! —dijo ella cuando llegaron a la zona del salón destinada al baile.

—¿Cómo que no sabes? Todas las mujeres saben bailar.

—Pues yo no —le aseguró ella, avergonzada y desafiante a la vez.

–En ese caso, ya es hora de que aprendas.

–Pero no hay nadie bailando –respondió ella al borde de un ataque de pánico.

–Pues seremos los primeros –Leo sabía que en las fiestas la gente se comportaba como las ovejas. Si una pareja comenzaba a bailar, otras la imitaban inmediatamente.

–Y antes de que me pongas más excusas, ten en cuenta que no tiene ningún misterio. Rodéame el cuello con los brazos.

Ella lo hizo con expresión aterrorizada y guardando una prudente distancia.

Leo lanzó un suspiro, la abrazó por la cintura y la atrajo hacia sí, tal vez demasiado, ya que sus senos chocaron contra su pecho. Las hormonas se le dispararon, lo cual lo sorprendió. Apretó los dientes tratando de controlarse, pero sin resultado. Por suerte, la falda del vestido de ella era muy gruesa, ya que, de otro modo, se hubiera producido una situación embarazosa.

Pensó en decirle que había cambiado de opinión y que no quería bailar. Al fin y al cabo, ya no estaba en edad de que la testosterona controlara su conducta.

Normalmente frecuentaba a mujeres mucho más atractivas que Violet, pero no trataba de acostarse con ellas como lo había hecho cuando era más joven. Había llegado a una fase de su existencia en la que el cerebro guiaba su vida sexual, no las hormonas.

Pero la carne era débil.

Aunque la suya, en aquel momento, no era precisamente débil, sino fuerte y dura, y centrada en la mujer que tenía en los brazos.

¿Sentiría ella la erección a través del vestido?

Lo dudaba, a pesar de que había abierto mucho los ojos y se le habían arrebolado las mejillas. Pero Leo supuso que no era por vergüenza, sino que se trataba de su lenguaje corporal, que expresaba química sexual.

El sentido común volvió a indicarle que apartara la mirada y fingiera que no lo había notado, ya que nada bueno podía derivarse de su mutua atracción física. Para su gusto, ella era demasiado joven e inocente.

Pero eso constituía buena parte de su atractivo: su juventud, su frescura...

No tendría problemas para seducirla, pero hacerlo lo convertiría en un despiadado mujeriego y confirmaría las acusaciones de Henry. No podía ni quería hacerlo.

Sin embargo, la tentación era terrible. Era una locura seguirla teniendo entre sus brazos, tan cerca de él. Pero si paraba, ella lo consideraría una grosería.

—Da dos pasos a la izquierda —le dijo bruscamente—. Ahora dos a la derecha y trata de seguir el ritmo de la música.

Ella siguió sus instrucciones perfectamente, lo cual satisfizo el espíritu de líder que anidaba en el interior de Leo. Odiaba que le dieran órdenes, pero le encantaba darlas.

—Muy bien. Ahora solo tienes que repetir esos pasos hasta que cese la música —lo cual esperaba que sucediera pronto, porque si no lo hacía, se iba a meter en un buen lío. Tal vez si hablaran conseguiría distraerse de lo que le estaba pasando.

—¿Y si me cuentas esa larga historia? —le propuso.

# Capítulo 7

QUÉ? –preguntó Violet alzando sus aturdidos ojos.

–Me ibas a contar la causa de tu alejamiento de los hombres.

Violet ahogó un gemido.

Lo último que deseaba en ese momento era hablar. Solo quería seguir disfrutando del baile con Leo. Le encantaba sentir sus brazos rodeándole el cuerpo, que sus cuerpos estuvieran en contacto y tocarle la suave piel de la nuca. Podría pasarse así toda la noche.

–Mejor no, Leo. A veces es mejor no remover el pasado.

Se estremeció al pensar que había estado a punto de contarle que tuvo la cara llena de granos y cicatrices.

Él frunció el ceño.

–A veces, pero no si continúa influyendo en el presente y si lo hará en el futuro. Sé por Henry que esta es la primera invitación que aceptas desde que trabajas con él. ¿Es así?

Violet se sintió muy molesta con Henry. ¿Qué derecho tenía a contar detalles de su vida? Leo debía de pensar que era un bicho raro.

–Sí, pero me he hecho el propósito de no rechazar ninguna invitación este año que comienza.

A él hubiera debido agradarle oírlo, si deseaba lo mejor para ella. Pero no lo hizo. Sintió... ¿qué? ¿Celos? Le pareció una exageración. Probablemente era la necesidad de protegerla lo que lo instigaba a prevenirla sobre el malvado mundo de las relaciones con los hombres en el que estaba a punto de entrar.

Al fin y al cabo, ella carecía de experiencia, o casi, por lo que debía ser precavida.

—No es buena idea aceptar indiscriminadamente todas las invitaciones, Violet, sobre todo si quien te invita es un tipo guapo y con más dinero que valores morales. Recuerda que nadie da nada sin pedir algo a cambio.

A ella le irritó aquel pedante consejo. Tenía veinticinco años y, aunque careciera de experiencia directa de lo que un hombre y una mujer hacían en la cama, había leído al respecto y lo había visto en televisión. Sabía que los hombres y las mujeres buscaban cosas distintas. La prioridad masculina era el sexo, y después el amor y el matrimonio. Y no siempre.

Para ser sincera, en aquellos momentos no buscaba el amor ni el matrimonio. Lo único que quería era encontrar a un buen hombre con el que perder la virginidad y que la hiciera sentirse bien consigo misma. Si se enamoraban, estupendo. Si no, ella seguiría su camino.

—Ya lo sé, Leo. No soy una completa ignorante con respecto a los hombres.

—No he dicho eso. Pero reconocerás que sé de lo que hablo mejor que tú.

A Violet no le gustó que él hubiera adoptado de pronto el papel de hermano mayor. Prefería su comportamiento anterior. El placer que había sentido hasta

ese momento se evaporó, así como la fantasía de que
eran amantes. De haber podido, se hubiera ido a casa,
pero tenía que esperar hasta medianoche.

Sin embargo, había algo que podía hacer.

Se detuvo y bajó los brazos.

–Perdona, Leo, pero tengo que ir al servicio –lo
que era verdad, a causa de todo el champán que había
bebido.

Sin esperar a que él le contestara, se desprendió de
su abrazo y se dirigió deprisa al dormitorio donde había dejado el bolso. Lo agarró, entró en el cuarto de
baño y echó el pestillo.

Después de hacer sus necesidades, se lavó las manos y sacó el móvil del bolso.

Joy contestó enseguida.

–¿Qué pasa, Violet? ¿Por qué me llamas tan temprano?

–No pasa nada, Joy –respondió ella tratando de
ocultar su desánimo–. Solo te llamo para ver si sigues
levantada.

–Pues claro. Y no me digas que no te pasa nada
porque te lo noto en la voz. ¿Es que el productor de
cine se ha sobrepasado contigo?

«Ojalá», pensó Violet.

Fue entonces cuando se percató de lo mucho que
la atraía; más bien se había encaprichado de él, lo cual
era una estupidez. Tal vez por eso se hubiera vuelto
tan distante y paternal de repente, porque se había
dado cuenta de sus sentimientos. Era evidente que no
desearía que la ayudante de su padre se enamorara de
él como una colegiala.

–No, Joy, no seas tonta. Es un hombre muy agradable, pero el resto de los invitados... No me siento a gusto.

Me alegro de haber venido, pero quiero marcharme. ¿Podrías estar aquí cuando se acaben los fuegos, sobre las doce y media? Puedes grabarlos y verlos después.

–Me importan un pito los fuegos.

–Siento mucho tener que pedírtelo.

–No te preocupes. Nos vemos sobre las doce y media.

–Estaré fuera esperándote.

Violet guardó el teléfono. No tenía ganas de volver a la fiesta. La había abandonado la confianza de unas horas antes y volvía a ser la de siempre.

Unos golpes en la puerta estuvieron a punto de provocarle un infarto.

–¡Violet! –era la voz de Henry–. ¿Por qué te escondes? La cena ya está servida.

Le venía muy bien que Henry hubiera ido a buscarla, pues podría quedarse con él durante la cena y hasta medianoche. Era un conversador brillante y atraía a la gente como un imán, por lo que si estaba a su lado no tendría que hablar mucho, solo limitarse a reírse o a sonreír en el momento adecuado.

Al volver a la fiesta vio que la mujer más sexy de la reunión, disfrazada de Marilyn Monroe, había salido con Leo a la terraza, donde estaban apoyados en la barandilla mientras ella lo miraba con adoración.

Leo volvió la cabeza y la pilló mirándolos, aunque ella apartó la vista rápidamente. Violet no quería pensar en lo que sucedería cuando se marchara. ¿Se quedaría la rubia a pasar la noche con Leo? Probablemente.

–Falta un minuto para las doce, amigos –anunció Henry–. Todo el mundo fuera, por favor, con una copa de champán en la mano. Aquí tienes la tuya, Violet. Vamos fuera.

Violet salió y se quedó al lado de Henry, que se había situado a distancia de Leo y la rubia.

Comenzó la cuenta atrás y todos fueron gritando en voz alta los segundos.

–¡Feliz Año Nuevo a todos! –chilló Henry, al igual que los demás, y brindó con Violet mientras el cielo estallaba en luces de colores.

El espectáculo superó al de las nueve en cantidad y variedad. Había un ruido horroroso, mucho más que cuando se veían los fuegos en televisión, pero era una vista maravillosa, algo que todo el que viviera en Sídney debía contemplar al menos una vez en la vida.

A Violet le alegró el corazón y la confirmó en su propósito de pasar página en cuanto a su vida social. Aceptaría cualquier invitación, lo cual incluía las de los hombres que la invitaran a salir. Aunque Leo tenía razón: había que tener cuidado, por lo que las primeras citas las tendría en lugares públicos.

Sin embargo, en aquel momento no tenía necesidad de quedar con nadie.

Dejó de contemplar el cielo y buscó a Leo y a la rubia con la mirada. Frunció el ceño, pues la rubia seguía allí, pero Leo había desaparecido.

–Feliz Año Nuevo, Blancanieves –dijo una voz detrás de ella que le produjo un escalofrío.

Apretó con fuerza la copa y se volvió, decidida a no cometer torpeza alguna, como verter el champán, sonrojarse o cualquier otra cosa que revelara sus sentimientos por Leo.

Sonrió forzadamente.

–Feliz Año Nuevo –contestó.

Él entrecerró los ojos y fue a decir algo, pero cambió de idea.

En ese momento cesaron los fuegos, lo que le recordó a Violet que era hora de despedirse. Le deprimía la idea de que era poco probable que volviera a ver a Leo. De todos modos, debía estarle agradecida por haberle demostrado que era una chica normal, con deseo normales, y lo bastante atractiva como para que él se hubiera interesado por ella.

—Ha sido una fiesta estupenda, Henry, pero tengo que irme. Joy debe de estar esperándome en la puerta para llevarme a casa.

—¡Qué lástima! —exclamó su jefe—. La fiesta acaba de comenzar.

Ella sonrió y le pellizcó la mejilla.

—Habrá otra este año. Adiós, Henry. Adiós, Leo. Ha sido un placer conocerte.

—Te acompaño —se ofreció él.

—Muy bien —dijo ella, incapaz de resistirse a estar con él unos minutos más.

Entraron en el salón y él la condujo a la puerta. Al llegar al pasillo, ella recordó su bolso.

—He olvidado el bolso.

Leo se ofreció a ir a buscarlo. Cuando volvió, ella le dijo:

—Preferiría que no bajaras conmigo.

—¿Por qué?

Ella se encogió de hombros, incapaz de encontrar una excusa plausible. ¿Qué podía decirle: que si la acompañaba hasta el coche de Joy esta la sometería a un interrogatorio en el trayecto de vuelta?

—De acuerdo, pero antes de que te vayas...

Le puso las manos en los hombros y la miró con ojos brillantes.

—Creo que me merezco un beso de despedida.

Más tarde, Violet pensó que parecía algo sacado de una de sus novelas románticas. No tuvo tiempo de contestar a Leo, ya que la atrajo hacia sí y la besó, y no lo hizo con suavidad y ternura, sino con deseo y pasión, abriéndole los labios y enlazando su lengua con la de ella. Violet solo pudo lanzar un grito ahogado.

Pero terminó tan pronto como había empezado. Leo pulsó el botón del ascensor.

–Te diría que lo siento si fuera cierto –afirmó con una sonrisa sardónica–. Llevo queriendo hacerlo toda la noche. Pero no te preocupes, Violet, porque no soy uno de esos hombres con más dinero que valores morales contra los que te he prevenido. No seduzco a jóvenes encantadoras como tú. Menos mal que vuelvo pronto a Inglaterra, ya que eres una tremenda tentación. Es posible que nos volvamos a ver algún día, pero no será pronto. Soy una persona decente, pero no un santo.

Dio media vuelta y se marchó por el pasillo mientras ella lo miraba alejarse en estado de shock. Había sido su primer beso, y le hubiera dicho que sí a todo lo que le hubiera pedido. Se puso a temblar al pensarlo.

Menos mal que él se controlaba mejor que ella. Pero incluso así...

Bajó al vestíbulo totalmente aturdida, con la cabeza llena de sorprendentes pensamientos. ¡Llevaba toda la noche queriendo besarla! ¡Qué excitante!

¿Y quién sabía? Era posible que volviera a verlo, porque alguna vez volvería a visitar a su padre.

«¿En serio?», le dijo una voz en su interior. «Total, solo ha tardado ocho años en venir a verlo. Y puede que tarde otros ocho en volver. Deja de soñar. Tu amor de fantasía volverá a Inglaterra dentro de dos días y lo más probable es que nunca lo vuelvas a ver».

Se le llenaron los ojos de lágrimas mientras salía y se dirigía adonde Joy había aparcado.

–Gracias por venir –dijo al montarse en el coche.

Joy la miró con desconfianza.

–¿Qué te pasa?

Violet estuvo a punto de contarle todo, ya que Joy era su amiga, pero dudó que entendiera lo que sentía.

–Nada. Estoy cansada. Me ha costado mucho tener que hablar con un montón de desconocidos, aunque ha merecido la pena para ver los fuegos artificiales.

–¿Han sido mejores que los del año pasado? –preguntó Joy mientras arrancaba.

–Sí.

–Los veremos en la televisión cuando lleguemos y nos tomaremos un chocolate caliente.

Violet no tenía ganas de volver a ver los fuegos. Lo único que quería era meterse en la cama y llorar.

¡Ah, se me olvidaba! –dijo Joy sonriendo–. ¡Feliz Año Nuevo!

–Lo mismo te digo.

–Seguro que estás orgullosa de ti misma por haber ido a la fiesta.

–Supongo.

–¿Cómo que lo supones? Creo que has sido muy valiente y que has comenzado bien el año. Lo que tienes que hacer ahora es renovar tu guardarropa y peinarte y maquillarte a la moda para que los hombres hagan cola para pedirte una cita. Y debes ir a un gimnasio unisex.

Violet ahogó un suspiro.

–Tal vez deba hacerlo, Joy.

–Claro que debes. Si me haces caso, serás una mujer de mundo.

–¿Y qué es eso?

–Sabes perfectamente de lo que hablo. Eres tú la que dice que quieres dejar de ser virgen antes de que acabe el año.

–Así es.

–Pues no vas a conseguirlo sin un hombre.

–En efecto –afirmó Violet mientras pensaba en un hombre en concreto.

–Ahora que empiezan las rebajas, es la época ideal para comprar ropa.

Violet deseó que Joy se callara. Estaba agotada y le dolía la cabeza. Había bebido demasiado. Tendría resaca a la mañana siguiente.

En cuanto a lo de renovar su guardarropa, ya no estaba segura de querer hacerlo. Tampoco sentía entusiasmo ante sus propósitos para el nuevo año. Parecía que todo había perdido el sentido.

No quería un novio cualquiera ni tampoco perder la virginidad porque sí. Quería que fuera con alguien especial, guapo y encantador, alguien que la hiciera sentirse tremendamente atractiva, que la considerara una tentación y que la hubiera besado con pasión.

En resumen, con Leo Wolfe.

Pero eso no sucedería.

Solo un milagro haría que el sueño se convirtiera en realidad, y ella no creía en los milagros.

# Capítulo 8

DOS DÍAS después, Violet, algo deprimida, estaba desayunando cuando le sonó el móvil.

Al ver en la pantalla que era Henry quien llamaba, se le aceleró el pulso. Durante unos instantes creyó que la llamaba para invitarla a otra reunión social, tal vez a una cena de despedida de Leo, pero seguramente querría preguntarle algo referente al trabajo.

–Buenos días, Henry. La fiesta estuvo muy bien. ¿Qué pasa? ¿Has recibido un libro que te gusta?

–No, esto no tiene nada que ver con el trabajo. Tengo un problema con el que espero que me puedas ayudar. Esta noche es la última que Leo pasará aquí y habíamos pensado en ir los dos solos a cenar fuera y a ver *Priscila, reina del desierto* al cine del Star. ¿Sabes cuál te digo?

–Sí, Henry, conozco el Star –era imposible vivir en Sídney y no conocer el único casino de la ciudad. Aunque nunca había estado allí, sabía que era un sitio muy elegante que acababan de reformar.

–Ya tengo todo reservado. ¿Has ido alguna vez?

–No, Henry.

–¿Y has visto la película?

–Tampoco.

–Estupendo, así podrás ir con Leo esta noche.

–¿Cómo?

–¿Hay algún problema? He pensado que no te importaría, ya que os llevasteis muy bien la otra noche.

–Pues sí, así es –afirmó ella tratando de recuperarse de la sorpresa–. ¿Por qué no puedes ir tú?

Henry suspiró.

–Me ha sentado mal algo de lo que comí ayer. Me encuentro fatal, y no podré salir esta noche. Entonces, ¿qué te parece, Violet?

–¿Sabe Leo que me lo has pedido?

–Aún no porque está remando en el lago, como todas las mañanas. Está obsesionado con el ejercicio. Me canso solo de mirarlo. De todos modos, sé que no le importará, ya que cree que eres estupenda.

Violet trató de contestar, pero la boca se le había quedado seca. Llevaba dos días pensando únicamente en Leo, en el beso que le había dado y en lo que le había dicho después. La idea de salir a cenar y ver una película con él era un sueño hecho realidad, un milagro.

–Me sorprendes, Violet –prosiguió Henry antes de que ella pudiera decirle que aceptaba–. Aunque Leo tenga fama de mujeriego, te aseguro que estarás a salvo en su compañía. Mi hijo es un caballero –se calló durante unos segundos–. Hola, Leo, estaba hablando de ti con Violet. Le he pedido que salga contigo esta noche porque no me siento con fuerzas. Pero parece que te considera un depredador sexual dispuesto a saltar sobre ella. Toma, háblale tú.

–No tienes que venir conmigo –fueron sus primera palabras, en tono irritado–. Nadie te obliga. Puedes negarte.

–¡No puedo! –le espetó ella–. Me refiero a que ese

es uno de mis propósitos para este año: no rechazar invitaciones sociales.

–Ya te he advertido que emplees el sentido común en ese asunto.

¿De qué sentido común le hablaba? ¿Había perdido el juicio? Estaba desesperada por salir con él aquella noche, por volverlo a ver, aunque solo fuera para hablar con él.

–Henry me ha asegurado que eres un caballero.

Leo se echó a reír.

–Eso es una tontería.

–¿Es que me mentiste la otra noche? ¿Eres un seductor empedernido?

–Por supuesto que no.

–Eso creía.

–En ese caso, ¿por qué dudas?

–Henry no me ha entendido. No he dudado, sino que estaba sorprendida. Me gustaría salir contigo esta noche, de verdad.

Se hizo un silencio repentino al otro lado de la línea. ¿Habría percibido él su desesperación?

¿Era un suspiro lo que oía?

–¿A qué hora quieres que pase a recogerte?

Entonces fue Violet la que suspiró... de alivio.

–No tienes que recogerme. Podrías perderte. Tomaré un taxi hasta el restaurante y quedamos allí.

–De ninguna manera. Yo no hago así las cosas. Siempre voy a recoger a la mujer con la que estoy citado y después la llevo a casa.

Era una cita. La primera para ella, y con Leo Wolfe.

–El coche que he alquilado tiene GPS, así que no tendré problemas. Supongo que Henry tiene tu dirección.

–Sí, pero...

–¿Cuánto se tarda desde aquí? –le interrumpió él.

–Depende. En horas punta, una eternidad. Hay muchísimo tráfico.

–Vivo en Londres, Violet. Estoy acostumbrado a cosas mucho peores.

Violet no quería que fuera a recogerla porque no deseaba que Joy lo viera.

–Pero si tienes que venir aquí, te desviarás mucho. Iré en taxi, y me puedes traer a casa después de la película. Para entonces habrá mucho menos tráfico –«y Joy estará dormida», pensó–. ¿De acuerdo?

–De acuerdo.

–Perfecto. ¿Cómo se llama el restaurante?

–No lo sé. Es un italiano. Te llamaré para darte los detalles.

Oyó que se abría la puerta del dormitorio de Joy y se asustó.

–No te molestes en llamarme. Mándame un SMS.

–Muy bien. Hasta esta noche.

–¿Estabas hablando por teléfono? –le preguntó Joy al entrar en la cocina.

–Sí, me ha llamado Henry. Esta noche es la última de Leo aquí e iban a ir juntos a cenar y al cine, pero no se encuentra bien, por lo que me ha pedido que vaya yo en su lugar.

Joy enarcó las cejas.

–¿En serio? ¿Y qué le has dicho? Espero que hayas aceptado –la miró con severidad.

Violet se quedó perpleja ante su actitud, pero al pensarlo mejor se dio cuenta de que no había motivo para que su amiga le planteara objeciones, ya que no sabía que ella se había encaprichado de Leo ni que este la había besado apasionadamente.

–Pues sí. No podía negarme, ya que habría ido en contra de mis propósitos para este año.

Joy asintió.

–Es cierto, pero me sorprende. No has estado muy animada desde la fiesta y pensé que tal vez hubieras decidido volver a meterte en tu concha.

–Estaba cansada, Joy, y con resaca. Bebí mucho champán. Hoy me siento mucho mejor. Voy a ir de compras enseguida. Necesito algo decente que ponerme esta noche.

«O mejor indecente», pensó. Algo que destacara su figura y sus senos. Leo se los había mirado mucho.

–Tienes razón. En tu armario no hay nada que sirva para salir a cenar. Te acompañaría si la artritis no estuviera fastidiándome. Si quieres un consejo, cómprate algo negro. Con la piel tan blanca que tienes, un vestido negro te sentará de maravilla. Y, por favor, que sea de tu talla, no dos tallas mayor. Tienes un tipo magnífico, y ya es hora de que lo luzcas.

# Capítulo 9

HENRY había reservado mesa en un restaurante italiano en Darling Harbour. Tenía una vista espléndida del Star, situado al otro lado del pequeño puerto.

Leo había dejado el coche allí y había cruzado al restaurante por un puentecito que conectaba ambos lados del puerto. Había llegado un poco antes de las seis de la tarde, hora a la que había quedado con Violet, por lo que había tenido tiempo de sentarse, tomarse un agua mineral y serenarse antes de que ella llegara.

Tenía que tranquilizarse. Había sido una estupidez acceder a salir con Violet aquella noche. Se sentía trastornado. Llevaba todo el día acosado por unos demonios sexuales que creía haber dejado atrás.

Por mucho que se lo reprochara, no podía evitar los pensamientos que lo torturaban. Por suerte, era verdad lo que le había dicho a Violet, que no era un seductor sin escrúpulos. Sabía que no actuaría guiado por la tentación, lo cual no significaba que la idea no despertara su curiosidad ni que no lo excitara.

Iba a ser una noche larga y difícil.

Suspiró y bebió un sorbo de agua mientras observaba a la gente que cruzaba el puente.

Se fijó en una pareja de guapos jóvenes que caminaban agarrados de la mano y que se miraban con tanto amor que casi hacía daño contemplarlos. Leo pensó que nunca había estado enamorado de esa forma, nunca se había enamorado de verdad. Y probablemente ya era muy mayor para hacerlo.

Una chica caminaba detrás de la pareja. Llevaba un vestido negro corto que revelaba su figura y sus fantásticas piernas. Lo primero en que se fijó fue en ellas.

Hasta que no la miró a la cara no se dio cuenta de que era Violet. Leo ahogó un gemido cuando la parte de su cuerpo que llevaba tratando de dominar todo el día entró en acción.

Al aproximarse al final del puente, ella miró a la izquierda y sus miradas se cruzaron. Leo le sonrió educadamente y ella le devolvió la sonrisa. Una sonrisa encantadora e inocente, en opinión de Leo. Si ella supiera lo que llevaba pensando todo el día y lo que le estaba ocurriendo bajo la servilleta que tenía en el regazo...

Tal vez se hiciera una idea porque, a pesar de haberle sonreído, parecía nerviosa. Pero estaba preciosa con aquel vestido tan corto y con un escote en forma de uve muy bajo, que dejaba ver parte de sus abundantes senos.

–Siento llegar un poco tarde –dijo ella mientras se sentaba–. Hay un tráfico terrible. ¿Cómo has llegado tan pronto?

–Porque te he hecho caso y he salido una hora antes. Pero solo has llegado un par de minutos tarde. ¿Qué quieres tomar? –le preguntó al ver que se acercaba el camarero.

–Una copa de vino blanco, que no sea muy dulce.

–Tráiganos una botella de sauvignon blanc –pidió Leo al camarero–. La que usted quiera.

Violet frunció el ceño cuando el camarero se alejó.

–¿No te das cuenta de que nos va a traer la más cara de la bodega?

Leo puso cara de póquer, a pesar de lo gracioso que le había resultado lo que acababa de decir. ¿No sabía que era muy rico? La mayoría de las mujeres se hubieran informado. Pero ella no era como la mayoría, ni siquiera era una mujer de verdad, sino una chica ingenua a la que quería llevarse a la cama a toda costa.

–Eso espero, porque el vino más caro suele ser el mejor. Lo bueno hay que pagarlo.

–Puede ser. Joy y yo siempre tomamos el vino de la casa cuando salimos a cenar.

Leo supuso que solo saldría con la anciana, lo cual era muy triste, y volvió a preguntarse qué le había pasado para apartarse de los hombres. Decidió que era el momento oportuno de averiguarlo.

–Ahora no tienes excusa, Violet.

–¿Para qué?

–Para no contarme lo que te ha pasado para que rechaces a los hombres. Tenemos casi dos horas hasta que empiece la película.

Ella volvió a fruncir el ceño. Era evidente que no estaba contenta. Pero Leo no pensaba abandonar el tema.

–Venga, Violet –la animó con su tono más persuasivo–. No esperarás que vuelva a Inglaterra sin saber por qué no tienes ni has tenido novio. Esta noche, sin ir más lejos, estás preciosa. No tiene sentido.

Ella se ruborizó y bajó los ojos. Cuando volvió a levantarlos seguía sin estar contenta.

Leo se sintió culpable por haberla presionado.

–No tienes que contármelo si no quieres. Pero a veces viene bien hablar. Las mujeres creen que sé escuchar.

El camarero llegó con el vino. Leo se impacientó mientras se lo daba a probar. Era un vino muy bueno.

–Vamos a pedir la cena –le dijo al camarero–. Tenemos que estar en el cine a las ocho y queremos comer con tranquilidad.

El camarero les entregó el menú. Violet dijo que solo quería un segundo y un postre. Leo la imitó. El camarero tomó la comanda y se fue a toda prisa.

–Prueba el vino –dijo Leo–. Dime qué te parece.

A pesar de que se moría de ganas de saber lo que le había pasado a Violet, decidió no insistir para dejar que ella se relajara.

Violet bebió un sorbo de vino.

–Está muy bueno –afirmó mirándolo a los ojos.

Los de ella eran preciosos, castaños y dulces. En ellos se podía perder un hombre mientras le hacía el amor.

Tras dar otro sorbo, dejó la copa en la mesa sin dejar de mirarlo.

–No he dicho que rechace a los hombres.

Sus inesperadas palabras lo dejaron perplejo.

–Entonces, ¿qué te pasa?

Ella suspiró.

–Tendría que remontarme a justo antes de cumplir los trece años.

–Muy bien, adelante –la animó él al ver que volvía a titubear.

–Al entrar en la pubertad, tuve un acné terrible.

Leo no disimuló su sorpresa.

–¡Si tienes una piel preciosa! –exclamó.

–Sí, pero no siempre ha sido así. Durante los años

de la escuela secundaria, mi aspecto era horroroso. No te haces idea de lo que detestaba ir al colegio.

Leo se compadeció de ella cuando le contó el acoso que había sufrido a causa del acné y lo que había hecho para poder soportarlo: encerrarse en su habitación a leer.

Al ver el pesar que mostraba simplemente al recordarlo, Leo pensó en la suerte que había tenido por no sufrir esos problemas. A Violet le habían quedado cicatrices no solo en la piel, sino en la autoestima, por lo que, para consolarse, había recurrido a la comida, lo cual se había traducido en sobrepeso.

Leo sabía que era un problema que hacía sufrir mucho a las mujeres. Trabajar en el mundo del espectáculo lo había sensibilizado en ese sentido. A él no le importaba que una mujer tuviera unos kilos de más, pero la sociedad dictaba que había que estar delgada.

Entendía que Violet se hubiera sentido tan mal que se recluyera en su casa y no saliera.

Menos mal que se había refugiado en las novelas románticas, lo que había evitado que cometiera una estupidez. Y menos mal que la orientadora escolar la había llevado al médico y que su tía le había dejado un dinero en herencia. De todos modos, había perdido unos años maravillosos.

—Pero seguro que las cosas mejoraron cuando fuiste a la universidad.

—No mucho. Mi piel iba mejorando, pero seguía estando gorda y con la autoestima por los suelos. No sabía cómo vestirme ni cómo comportarme ante los demás. Me aterrorizaba estar con otros estudiantes, sobre todo si eran chicos. Seguía sintiéndome fea, a pesar de que el espejo me indicaba que no lo era.

Leo negó con la cabeza.

–Es muy triste lo que me cuentas, Violet.

Ella suspiró.

–En buena medida fue culpa mía, ya que era más sencillo meterme en mi concha que intentar cambiar. Incluso cuando adelgacé y comencé a trabajar para Henry continué con mi actitud introvertida y antisocial. Eso explica por qué no tengo novio, por qué nunca lo he tenido.

Leo tardó unos segundos en caer en la cuenta de que si nunca había tenido novio tampoco había tenido relaciones sexuales. De pronto, la excitación, que se le había calmado durante la triste historia que ella le había contado, surgió de nuevo, y redoblada. Era perverso que el hecho de que fuera virgen lo excitara de aquel modo.

Por suerte llegaron los segundos platos, lo cual le proporcionó cierto tiempo para tranquilizarse. Violet también lo necesitaba, ya que era evidente que contar su historia le había resultado muy estresante.

Leo quería saber más. Tenía varias preguntas que esperaban respuesta. Después de tomar algunos bocados dejó el tenedor en la mesa y la miró.

–¿Y qué ha sido lo que te ha hecho cambiar de actitud ahora? Por lo que me has contado, tenías la piel bien cuando obtuviste la licenciatura. Y, desde luego, ya no tienes sobrepeso. Seguro que te han pedido una cita un montón de veces.

Violet dejó asimismo el tenedor en la mesa.

–Pues no, solo me la han pedido dos veces –afirmó con ingenuidad–. Y en ambas ocasiones lo hicieron hombres muy aburridos. No siempre tengo el aspecto de esta noche ni el de la otra noche.

Era verdad. Henry se había quedado muy sorprendido al verla.

—Aún no has contestado mi pregunta: ¿por qué ahora?

Ella volvió a sonreír de manera encantadora.

—Se nos va a enfriar la comida si te respondo.

Él hizo una mueca.

—¿También es una larga historia?

—Más o menos.

Leo suspiró.

—Muy bien. Cenaremos primero y hablaremos después. Pero no creas que te vas a librar. Voy a sacarte la verdad, toda la verdad y nada más que la verdad.

# Capítulo 10

A VIOLET le resultaba increíble haberle contado tantas cosas a Leo.

Había llegado a la cena muy emocionada al saber que su aspecto era inmejorable. Joy tenía razón: el negro la favorecía. Mientras iba en el taxi ardía en deseos de que los ojos de Leo le confirmaran lo atractiva y deseable que le resultaba.

Pero él no la había mirado así. Cierto que la había elogiado por su aspecto, pero como lo hubiera hecho un amigo o, lo cual era más deprimente, un padre.

¿Había sido la decepción por su falta de interés sexual lo que la había impelido a contarle su historia?

Probablemente. Era obvio que a Leo le había sorprendido lo del acné, pero se había mostrado comprensivo y amable. Por eso le había revelado otros detalles de su adolescencia, como su adicción a las novelas románticas.

Entonces, ¿por qué le preocupaba contarle lo demás? ¿Qué más daba que supiera la experiencia que había tenido en el avión? ¿O la lista de sus propósitos para el nuevo año, de la que deduciría que seguía siendo virgen? De todos modos ya habría llegado a esa conclusión, por lo que no había motivo alguno para ponerse nerviosa por tener que contarle lo que faltaba.

Cuando terminó de comer le contó que había ido a Brisbane a ver a su familia.

—Me ponen enferma cuando me preguntan con quién salgo y tengo que decirles que con nadie. Pero esta vez la cosa fue peor, ya que Gavin, mi hermano pequeño, me preguntó si era lesbiana.

—Entiendo.

—Cuando me marché y tomé el avión de vuelta ya quería que mi vida cambiara, pero no sabía cómo hacerlo. Es muy fácil acostumbrarse a ser introvertida y a estar aislada, a no tener que preocuparte de tu ropa ni de tu aspecto. La verdad era que me había vuelto perezosa y cobarde.

—Estás siendo muy dura contigo misma.

—No trates de halagarme, Leo. Me di cuenta de en qué me había convertido al leer *La mujer del capitán Strongbow* durante el vuelo de vuelta.

—¿Qué es eso?

—Mi novela preferida cuando era adolescente. Llevaba años sin leerla y me picaba la curiosidad comprobar si me seguiría cautivando.

—¿Y fue así?

—Totalmente. Me encantó, así como el pirata protagonista, a pesar de que en estos tiempos es políticamente incorrecto. Me refiero a que secuestra a la protagonista y pretende tener sexo con ella de buen grado o por la fuerza.

—¿La viola? —preguntó Leo con desagrado.

—No, al final no tiene que hacerlo porque ella decide cooperar. Pero, si no lo hubiera hecho, estoy segura de que la hubiera seducido más que violado. El capitán era muy bueno en la cama.

Leo sonrió divertido.

–Por supuesto.

–Sé lo que estás pensando. Y, en efecto, reconozco que es una fantasía. Pero lo que me interesó al volver a leer la novela no fue el aspecto romántico, sino el carácter de lady Gwendaline, porque me di cuenta de lo valiente que era. Al enfrentarse a una situación difícil no se desmayaba ni huía a esconderse, sino que se lanzaba de cabeza a solucionarla. Mientras pensaba en lo débil que yo era por vivir como lo hacía, estuve a punto de perder la vida.

Se calló durante unos segundos para tomar un sorbo de vino.

–Continúa –la instó Leo–. No me dejes en suspenso. ¿Qué pasó?

–¡El avión estuvo a punto de estrellarse! Durante unos segundos pensé que iba a morir. Hazme caso, no hay nada como escapar por los pelos de la muerte para proponerte cambiar de vida.

–Te creo. ¿Y qué te propusiste? Supongo que algo más que aceptar invitaciones de tipo social.

El valor de Violet comenzó a desaparecer.

–Cosas femeninas: un nuevo peinado, un nuevo guardarropa... Y comprarme un coche. Conduzco el de Joy, pero, si voy a salir más, necesitaré uno propio.

Leo la miró con escepticismo.

–¿Eso es todo? Vamos Violet, no me lo has contado todo, ¿verdad? ¿Qué más te has propuesto hacer?

Violet iba a negar que se hubiera propuesto algo más cuando pensó en lady Gwendaline. Ella no hubiera evitado decir la verdad. Así que Violet se armó de valor:

–Muy bien. Mi principal propósito para este año es no seguir siendo virgen cuando vuelva a casa de mis padres en Navidad.

Leo echó la cabeza hacia atrás y la miró fijamente durante unos segundos. Después se dirigió a ella con dureza.

—¿Así que, si vuelvo las próximas Navidades a ver a mi padre, me encontraré a una Violet muy distinta a la que está cenando conmigo?

Violet se ruborizó, lo cual la molestó mucho, así como la desaprobación de Leo. ¿Quién se creía que era para juzgarla? No se comportaba precisamente como un santo en cuestiones de relaciones y sexo, como él mismo le había dicho.

—Eso espero —le espetó mientras alzaba la barbilla y lo miraba desafiante.

—Supongo que no pensarás entregarte a cualquiera.

Ella se irritó aún más.

—Claro que no. Tendrá que ser un hombre agradable que me atraiga mucho.

El camarero llegó con los postres.

Violet se quedó perpleja cuando Leo pidió al camarero la cuenta y le dijo que no tomarían postre ni café.

—No tenemos tiempo —apuntó él.

Violet miró el reloj: eran las siete y cuarto.

Aunque estaba confusa, no dijo nada. Además, no estaba deseando tomar postre, ya que todo el vino que había bebido le proporcionaría calorías de sobra. Se sentía un poco mareada, aunque no estaba borracha.

Leo pagó en metálico y la condujo fuera del restaurante a tal velocidad que parecía que fueran a llegar muy tarde al cine, en vez de con más de media hora de antelación.

—La película empieza a las ocho —le recordó ella.

—No vamos al cine —respondió él al tiempo que la agarraba del codo con más fuerza.

Violet se detuvo.

–Entonces, ¿adónde vamos?

Por primera vez en esa noche, él la miró con los mismos ojos brillantes que en Nochevieja.

–Si eres tan inteligente como dice Henry, ya sabrás la respuesta.

–Pues no.

–No importa –murmuró él–. Ya es tarde y no puedo seguir resistiéndome.

–¿Quieres dejar de hablar en clave?

–¿Crees que soy un hombre agradable, Violet?

–Desde luego.

–¿Y te atraigo mucho?

–Sí –afirmó ella con voz ahogada al darse cuenta de lo que tramaba. ¡Santo Dios!

–Pues ya sabes adónde vamos –dijo él con voz ronca mientras le soltaba el brazo y le agarraba la cara para levantarla hacia la suya.

Ella sintió su mano caliente en la mejilla y vio sus ojos llenos de deseo.

–No al cine del casino, sino a una de las habitaciones de su hotel. A una habitación grande, con una cama grande entre cuyas sábanas estarás desnuda.

Violet fue incapaz de pronunciar una palabra. Ya se veía en esa habitación, desnuda en la cama. Un escalofrío la recorrió de pies a cabeza.

–Si fuera un cruel pirata, no te pediría permiso –prosiguió él mientras alzaba la otra mano y la ponía en la cara de ella–. Pero no soy ni cruel ni un pirata, sino, por suerte, un hombre decente y con conciencia. Pero, desde que te conozco, me resulta difícil seguir siéndolo. Así que, Violet, ¿voy a ser tu primer amante o no?

Ella, aturdida, pensó que era una pregunta absurda, ya que no iba a rechazarlo. Pero vaciló antes de contestar por creer que no era una mujer adecuada para él, no porque no lo deseara. Lo deseaba con locura, pero no quería decepcionarlo y probablemente lo haría, ya que era virgen.

–Te prometo que no te haré daño –afirmó él sin ninguna emoción–. Seré delicado y te haré gozar. Soy bueno en la cama, casi tanto como el capitán Strongbow.

«Pero yo no soy lady Gwendaline», estuvo a punto de gritar ella. No era ni tan valiente ni tan atrevida. Ni tan hermosa. Pensar que Leo había estado casado con una de las mujeres más bellas del mundo no contribuyó a aumentar su seguridad en ella misma. No había punto de comparación. Aunque su cuerpo fuera más bonito de lo que nunca había sido, distaba mucho de ser perfecto. Tenía los pechos demasiado grandes, y también las nalgas. Y estaba segura de que le quedaban restos de celulitis en los muslos. La idea de desnudarse ante Leo le produjo un nudo en el estómago.

Sabía que si se negaba, Leo respetaría sus deseos.

Pero si se negaba...

Trató de imaginarse cómo se sentiría al día siguiente. Se odiaría. Tenía que aprovechar aquella increíble oportunidad. ¡Debía hacerlo!

Desechó todas las dudas y los escrúpulos, se puso de puntillas y lo besó en los labios. Él se quedó quieto durante unos segundos y después la agarró por los hombros y la separó de él con expresión emocionada.

–Supongo que eso es un sí. No digas nada ni vuelvas a besarme hasta que estemos en la habitación del hotel. Tengo que tratar de controlarme para cumplir mi promesa de ser delicado y hacerte gozar. Creo que no te das cuenta del poder que tienes sobre mí, Violet.

–¿Qué poder?

Él sonrió con ironía.

–Un día sabrás a qué me refiero. Y cuando lo hagas, que se prepare el hombre con el que estés.

Sus palabras eran reveladoras y dolorosas al mismo tiempo, ya que indicaban que esa noche sería la única en que estarían juntos. Leo volvería a Inglaterra y ahí se acabaría todo.

Durante unos segundos, Violet se negó a aceptarlo, porque ella sí quería algo más. Lo sabía aunque todavía no hubieran hecho nada. Se lo decía algo en su interior. Y estaba segura de otra cosa: si dejaba que él le hiciera el amor esa noche, se enamoraría de él. ¿Correría el riesgo?

Era otra pregunta absurda.

El corazón le dio un vuelco cuando Leo la tomó de la mano, pero ella no retiró la suya, sino que dejó que la condujera por el puente hacia el casino y hacia la noche que tenían por delante.

# Capítulo 11

LA RECEPCIÓN del hotel es por aquí –dijo Leo mientras la conducía a la parte de atrás del casino.

Violet observó con asombro la fila de caros coches aparcados. Pasó una limusina, pero Leo no se volvió a mirarla. Era evidente que estaba acostumbrado a ese estilo de vida y que se habría alojado en hoteles de lujo del mundo entero. Ella nunca se había alojado en un hotel.

Pero no dijo nada, ya que no estaba dispuesta a demostrar su falta de experiencia. Trató de parecer muy sofisticada cuando entraron en el enorme vestíbulo con suelo de mármol. Se sentó en una silla mientras él se acercaba al mostrador de recepción.

Varios huéspedes masculinos que pasaron a su lado le dirigieron miradas lascivas, lo que le recordó lo expuestas que estaban las mujeres solas en una ciudad.

Cuando volvió Leo se dirigieron a los ascensores. Había otras personas esperando, por lo que no hablaron. Al subir tampoco hablaron, pues seguían teniendo compañía. Otra pareja se bajó en el mismo piso, por lo que siguieron sin hablar.

Tomaron un pasillo y llegaron a la habitación, cuya puerta abrió Leo.

La habitación era como se la esperaba en un hotel de semejante categoría. La decoración era moderna y elegante. La cama era muy grande y estaba cubierta con una colcha de color dorado.

Violet se quedó mirándola mientras Leo descorría las cortinas.

—La vista es magnífica —afirmó mientras ella lo miraba.

Pero a Violet le resultó imposible disfrutar de la vista. Solo pensaba en lo que harían en breve en aquella cama de aspecto decadente.

De pronto deseó que Leo volviera a correr las cortinas. Los altos edificios que había enfrente tenían ventanas y balcones. ¿Y si alguien los observaba por un telescopio o con una cámara de potente objetivo?

—Por favor —le pidió con voz vacilante—, corre las cortinas.

Él frunció el ceño y no corrió las gruesas cortinas, sino unas de gasa que ella no había visto y que empleaban los huéspedes que deseaban intimidad sin perderse la vista.

—¿Vale así?

—Supongo que sí.

—Trata de calmarte.

—Para ti es fácil decirlo.

Leo sonrió sin poder evitarlo. Ella no se hacía idea de lo nervioso que estaba y del dilema en que se debatía. Le había prometido que se comportaría con delicadeza, pero lo único que quería era arrancarle el vestido y poseerla durante horas. Le había prometido que la haría gozar, pero era la perspectiva de su propio placer lo que le aceleraba la sangre. Tendría que hacer un supremo esfuerzo para olvidarse de sus necesidades y centrarse en las de ella.

Pero se dijo que al final merecería la pena y que al

hacer gozar a Violet aumentaría su propio goce. Le quitó el bolso, al que se había aferrado con ambas manos, lo echó a un lado y abrazó su tembloroso cuerpo.

Ella cerró los ojos cuando comenzó a besarla, suavemente al principio porque no quería asustarla. No le aplastó los labios, como deseaba, sino que los lamió y mordisqueó sin dejar de recordarse que la paciencia era la clave del éxito en aquel caso y que no debía dar rienda a su deseo hasta que ella estuviera lista.

Lo que podía tardar un tiempo.

Cuando ella separó los labios con un gemido, él estuvo a punto de perder el control y de introducirle la lengua sin ningún cuidado. La abrazó con más fuerza mientras trataba con todas sus fuerzas de contener la necesidad de tomar su boca al asalto.

Por fin le introdujo la lengua despacio y gimió al encontrarse con el delicioso calor de su boca. Tal vez si ella se hubiera mostrado pasiva, él hubiera podido cumplir su promesa. Pero ella entrelazó su lengua con la de él mientras lo abrazaba y se apretaba contra él y su erección.

Seguir besándola podía acabar siendo un desastre. Leo decidió que tenía que cambiar de técnica de seducción al tiempo que se daba un respiro.

Violet estuvo a punto de gritar cuando él dejó de besarla.

—Lo siento, pero si no vamos más despacio no podrás disfrutar de tu primera experiencia sexual tanto como te mereces.

Violet se sintió aliviada al saber que no había hecho nada que no debiera.

—Vayamos por partes. ¿Quieres refrescarte? El cuarto de baño está allí —añadió él mientras se desprendía de su abrazo.

Violet se dio cuenta de que tenía que ir al servicio urgentemente. ¿Cómo no se había percatado antes? Tragó saliva y asintió.

–Voy a preparar café.

Violet fue al servicio y descubrió que tenía las braguitas empapadas. Era mejor que no se las volviera a poner, pero ¿cómo iba a volver sin ellas? ¿No sería mejor que se desnudara por completo, como había hecho Lady Gwendaline cuando el capitán Strongbow le dejó claro que iba a poseerla?

¿Se atrevería a hacer lo mismo?

Lo dudaba. Salir completamente desnuda no estaba a su alcance. Tal vez si pudiera cubrirse con algo...

Vio que en un estante había dos albornoces blancos.

Leo estaba a punto de llamar a la puerta cuando ella salió con un albornoz. Entonces él entendió por qué había tardado tanto: se estaba desnudando. Lo conmovió su valor. Al igual que el miedo que sus ojos expresaban. No recordaba cuándo había sido la última vez que a una mujer le había preocupado mostrarle el cuerpo. La timidez estaba pasada de moda, al igual que ser virgen a los veinticinco años.

Leo decidió que sería imperdonable hacer daño a esa encantadora chica y que debía protegerla de sí mismo. No había olvidado lo fácil que era confundir el deseo con el amor cuando se era joven. Era cierto que Violet no era tan joven, pero sí inexperta en lo que se refería a las relaciones sexuales. Tenía que estar seguro de que, después, ella no creyera que estaba enamorada.

–Bien pensado –afirmó al tiempo que decidía emplear un tono pragmático en vez de romántico–. No sé cómo tomas el café, pero ahí tienes todo lo que necesitas –le indicó el minibar con un gesto de la cabeza antes de entrar en el cuarto de baño y cerrar la puerta.

Violet se quedó pasmada. Se había imaginado una situación totalmente distinta cuando, por fin, reunió el coraje suficiente para salir. No se le había ocurrido que fuera a dejarla sola. Se sintió muy decepcionada. Hubiera deseado que la tomara en sus brazos y la besara apasionadamente. No quería tener tiempo para pensar, sino que Leo la lanzara sobre la cama e hiciera lo que tuviera que hacer.

Suspiró y fue a prepararse un café.

Se dio cuenta de que él no se había preparado uno. Se acercó a la ventana y se puso a mirar los edificios de enfrente preguntándose si sus moradores la verían a través de las finas cortinas.

Probablemente.

Al pensarlo, dejó la taza y se apresuró a apagar las lámparas de las mesillas y a encender la del techo. Agarró de nuevo la taza y volvió a la ventana con la esperanza de que ya no se pudiera ver nada.

La puerta del cuarto de baño se abrió. Ella se puso tensa al pensar, de pronto, que tal vez Leo no fuera tan tímido. Se volvió a mirarlo y vio que, por suerte, se había puesto el otro albornoz.

–Te habría preparado un café, pero tampoco sé cómo lo tomas.

–No me apetece tomar café ahora.

La miró y el brillo de sus ojos excitó a Violet. Era la primera vez que se sentía deseada de aquel modo y por un hombre como Leo. Le seguía resultando increíble que él se interesara por ella. ¿Se debía a que era virgen? ¿Lo excitaba saber que sería el primero?

–En realidad, a mí tampoco –reconoció en voz baja y temblorosa.

Él suspiró antes de acercarse a la cama y dejar en la mesilla un paquetito que se sacó del bolsillo.

–Lo siento, Violet, pero me había olvidado de que solo llevaba un preservativo en la cartera.

Violet miró el preservativo y a él alternativamente mientras se le ocurrían varias ideas. No había pensado en protegerse, lo cual era una grave estupidez por su parte. Era cierto que tomaba la píldora desde que descubrió que era una cura milagrosa para el acné, pero la píldora solo la protegería de un embarazo. Y a pesar de que Leo era un caballero, vivía en un mundo donde todos se acostaban con todos y corrían riesgos. Además, con lo guapo que era, las mujeres caerían rendidas a sus pies. Estaba convencida de que practicaba sexo seguro, pero ¿quién sabía?

–Solo necesitamos uno, ¿no?

Leo estuvo a punto de reírse. Uno no bastaría para saciar su deseo de Violet. Era de sentido común volver a vestirse, bajar y buscar en el casino un servicio de caballeros con una máquina expendedora de preservativos. Pero tardaría mucho en hacerlo. El deseo lo acuciaba de tal modo que no resistiría el retraso.

Además, ya iba a tardar demasiado en conseguir que ella estuviera preparada para él.

Se preguntó cuánto tendría que esperar para ponerse el preservativo: al menos media hora. ¿Cómo podría soportarlo?

«Tendrás que hacerlo», se dijo, «porque no va a haber una segunda ocasión si la primera le hace mucho daño. Si quieres volver a poseerla, lo cual es innegable, la única forma de hacerlo es tener paciencia».

–Es cierto –afirmó sonriendo–. ¿Por qué no dejas la taza y te acercas?

# Capítulo 12

VIOLET no pudo negarse a lo que él el pedía, pero los nervios le atenazaron el estómago. La mano le tembló de forma incontrolable al dejar la taza y las piernas apenas la sostuvieron al cruzar la habitación. Se acercó a la cama con el corazón latiéndole a mil por hora y la cabeza llena de pensamientos aterradores.

–No hay motivo para estar nerviosa –le dijo él mientras le tomaba el rostro entre las manos.

–Pero... No sé qué hay que hacer. Yo... yo...

–Calla, cariño. No tienes que hacer nada. Déjame a mí.

La besó y la desnudó al mismo tiempo. El albornoz cayó al suelo antes de que ella tuviera tiempo de preocuparse por lo que él pensaría de su cuerpo. Tampoco podía pensar de forma coherente en ese momento, pues los apasionados besos de Leo provocaron rápidamente un ardiente deseo en su interior.

Ella gimió a modo de protesta cuando la boca de él se separó de repente de la suya. Quería más.

–Paciencia –murmuró él.

Violet no supo si lo decía por él o por ella.

Con la boca seca vio que él retiraba la ropa de cama y la dejaba caer al suelo. Después miró su desnudez con ojos brillantes.

–¿Por qué eres tan perfecta? –gimió.

Violet no tuvo tiempo de regodearse en el elogio porque él la levantó y la depositó en medio de la cama. Ahogó un grito ante la frialdad de las sábanas en contacto con su piel ardiente. Él no se tumbó a su lado, sino que se dedicó a contemplarla durante un tiempo interminable. Y, aunque su mirada llena de deseo la excitaba, lo que deseaba en ese momento no era que la mirara, sino que estuviera a su lado en la cama; mejor dicho, dentro de ella.

La intensidad del deseo luchaba con su timidez y hacía que anhelara cosas de las que no creía ser capaz. Sentía una intensa necesidad de abrir las piernas, pero le daba vergüenza llevar a cabo una acción tan libertina. Pero subía y bajaba las piernas sin parar, de una en una, doblando la rodilla ligeramente y volviendo a estirarla.

–Leo, por favor –dijo con voz ahogada.

Su ruego hizo que él la mirara a los ojos.

Él negó con la cabeza y se echó a reír, pero su risa no era divertida.

–No me pongas las cosa más difíciles, mujer.

Se quitó el albornoz y ofreció a Violet una vista frontal de su bello cuerpo en erección.

«¡Caramba!» exclamó ella para sí al contemplarlo.

Era la primera vez que veía a un hombre desnudo y excitado, pero se había imaginado cómo sería. Y no se sintió decepcionada: Leo hacía realidad todas sus fantasías sexuales.

–¿Ves lo que me haces? –preguntó él mientras agarraba el preservativo y rompía el envoltorio–. Será mejor que me lo ponga antes de empezar porque tal vez después pierda el control. Te juro que no he conocido a nadie que me excite como tú.

Violet contempló ensimismada cómo se ponía el preservativo. Él no se había dado la vuelta, ya que era evidente que no lo molestaba que lo mirara.

Le gustaba que Leo fuera un hombre de mundo; de hecho, la fascinaba. ¿Y qué si había estado con un montón de mujeres? Según él, ninguna lo había excitado como ella. Se sintió tremendamente halagada.

Cuando Leo se hubo puesto el preservativo, ella se preguntó qué se sentiría. ¿Sería mejor con él puesto, sin él, o daría lo mismo?

Por fin, él se tumbó a su lado, pero a la suficiente distancia para que su erección no la tocara. Ella se puso rígida y aspiró bruscamente cuando él colocó una mano en su vientre.

—Intenta relajarte —le recomendó él con suavidad.

Ella soltó el aire cuando él subió la mano a sus senos y se los acarició. Era mejor de lo que ella se había imaginado.

—¡Oh! —gritó cuando él le apretó un pezón.

Leo debió de creer que era un grito de protesta, ya que su mano abandonó inmediatamente el ardiente pezón y descendió lentamente hasta su ombligo, donde trazó varios círculos antes de seguir bajando.

Violet trató de relajarse, sin éxito, cuando sus dedos se deslizaron por los rizos oscuros que le cubrían el pubis.

—Abre las piernas.

Ella cerró los ojos con fuerza al hacerlo, atenazada de nuevo por el miedo de decepcionarlo. Apretó los dientes y tensó los músculos.

—Respira —le ordenó él con aspereza.

Más que respirar, jadeó. Él ya tenía los dedos allí, tocándole el centro que deseaba ser acariciado. Violet se retorció con una mezcla de placer y frustración, porque sabía que, si él continuaba, llegaría al orgasmo. A pesar de ser virgen, sabía lo que era un orgasmo, ya que llevaba mucho tiempo proporcionándoselos.

–Deja de hacer eso –gritó al tiempo que abría los ojos y veía que él la miraba con una expresión algo tensa.

–¿Por qué, querida Violet? –preguntó a la vez que su expresión se volvía divertida.

–Ya lo sabes –le espetó ella, enfadada porque él quisiera que reconociera algo tan íntimo.

–Porque llegarás al orgasmo.

Ella, mortificada, se mordió el labio inferior.

–No hay motivo para avergonzarse. Me sorprendería que alguien de tu edad no supiera darse placer a sí mismo. Sinceramente, es un gran alivio saber que tienes una libido muy fuerte.

Ella parpadeó. ¿Creía que tenía una libido fuerte? ¿Eso era bueno?

–Hazme caso, puedes llegar al orgasmo sin que eso signifique que tengamos que acabar. Una mujer puede tener varios orgasmos en una noche de amor.

Violet había leído al respecto, pero creía que formaba parte de la ficción romántica. Y, aunque fuera verdad, no quería tener un orgasmo así.

–Pero...

¡Qué difícil era decírselo!

–¿Por qué pones esa cara? –le preguntó él amablemente–. Ah, entiendo. Quieres que deje de hacer lo que estoy haciendo y que siga adelante. ¿Es eso?

Menos mal que él no era tímido, pensó ella al tiempo que asentía.

Él la besó en los labios tiernamente al principio;

después, no tanto. Ella los abrió y él le introdujo la lengua. Y, mientras la besaba, su mano siguió adelante y abandonó el palpitante clítoris para penetrar en su sexo, con uno, con dos, con tres dedos. Ella gritó de placer y sus músculos se cerraron con fuerza en torno a los dedos, apretándolos y soltándolos con un ritmo instintivo. Dejó de preocuparse por el orgasmo. Lo único que quería era que él siguiera haciendo lo mismo.

Pero Leo se detuvo.

Ella lo miró con ojos vidriosos y el corazón acelerado mientras él se situaba rápidamente entre sus muslos antes de levantarle las piernas y enlazárselas alrededor de la cintura.

—Dime si te hago daño —dijo en voz baja mientras se frotaba suavemente contra la entrada de su feminidad.

Violet gimió. ¿Qué si le hacía daño? ¿Se había vuelto loco? Era una sensación deliciosa.

Comenzó a penetrarla sin dejar de mirarla a los ojos, ella supuso que en busca de muestras de dolor. Pero no experimentó dolor, solo una ligera molestia cuando su cuerpo se acomodó a él.

Cuando él la hubo penetrado por completo, ella pensó que se ajustaban muy bien el uno al otro. Y que Leo era hermoso. Su primer amante. Su primer amor.

Porque lo amaba. ¿Cómo no iba a hacerlo?

Suspiró de felicidad.

—¿Todo bien, Violet?

—Perfectamente —murmuró ella.

—No dejas de sorprenderme —susurró él—. Pero basta ya de hablar.

Violet estuvo de acuerdo porque tampoco ella quería seguir hablando. Él comenzó a moverse. Era asombroso. Y deseó que continuara eternamente.

Pero entre los designios de la Madre Naturaleza no estaba el que el coito durara eternamente. El placer del emparejamiento se había concebido únicamente con un propósito: la procreación.

Las caderas de Violet pronto se elevaron al encuentro de las de Leo, lo que hizo la penetración más profunda y aproximó el útero al punto en que la semilla saldría si él no hubiera usado protección.

Las embestidas masculinas se hicieron más fuertes y rápidas. Violet gimió al tiempo que giraba la cabeza a ambos lados en respuesta a las sensaciones que experimentaba en su interior. El corazón le galopaba en el pecho y la boca se le abrió mientras se le contraían todos los músculos ante el inminente clímax.

Cuando tuvo lugar el primer espasmo ahogó un grito, y arqueó la espalda mientras los espasmos se sucedían. Leo la apretó contra sí al llegar también él al clímax. Violet se quedó asombrada ante la sensación de llegar juntos al orgasmo, una sensación tan placentera e intensa como ninguna otra de las que había experimentado sola. Mucho más satisfactoria, y más agotadora.

Antes de que él se retirara, ella bostezó y las piernas se le cayeron lánguidamente en la cama. Trató de no dormirse mientras se decía que no podía desperdiciar un solo momento de aquella maravillosa noche con ese hombre. Pero Leo se abrazó a ella, y el calor de su cuerpo aumentó el aletargamiento que iba adueñándose de ella.

Le pareció oír que él decía su nombre y que la besaba el cabello. Después cayó el telón.

# Capítulo 13

LEO se despertó primero. El reloj de la mesilla marcaba las nueve pasadas. Menos mal que no había dormido mucho.

Se separó con precaución del cuerpo de Violet y se sentó en la cama para ordenar sus pensamientos. La noche era joven. Faltaban al menos tres horas para llevar a Violet a casa. La película que iban a haber visto empezaba a las ocho y acabaría alrededor de las once, tras lo cual era razonable que llevara a su pareja a tomar un café o una copa al casino. No habría preguntas si ella llegaba a casa entre las doce y la una.

Se podían hacer muchas cosas en tres horas.

Leo giró la cabeza para mirar a Violet y su deseo se reavivó al ver su cuerpo perfectamente femenino: la curva de sus caderas, los abundantes senos y sus redondeadas nalgas. Pero no solo le fascinaba su cuerpo, sino ella, su carácter y su sorprendente pasión.

A pesar de ser virgen, no había habido nada de virginal en su forma de reaccionar ante él. Lo había seguido todo el tiempo. Y cómo se movía. Y cómo gemía. Se excitaba solo de pensar cómo se había sentido dentro de ella, de su cuerpo tenso, húmedo y caliente. Y cuando ella había alcanzado el clímax... Sus contracciones lo habían dejado seco.

O eso era lo que había creído.

Leo hizo una mueca al mirar hacia abajo. Era difícil pensar con semejante erección. Tenía que darse una ducha fría. Se levantó con brusquedad. Ya era hora de utilizar el sentido común, por no mencionar la conciencia.

Cuando Violet se despertó vio que una sábana la tapaba a medias y que Leo, vestido y sentado al escritorio que había en una esquina, bebía algo que probablemente fuera café.

–Por fin se despierta la bella durmiente. ¿Quieres un café?

Ella se sentó en la cama tapándose los senos con la sábana.

–¿Qué hora es?

–Las nueve y media. Si quieres podemos ver la segunda mitad de la película.

–¿Quieres ir al cine ahora? –preguntó ella, incrédula y consternada a la vez.

Leo suspiró y se levantó.

–No, claro que no, aunque creo que sería lo mejor. Si nos quedamos, haré cosas de las que después me arrepentiré. Y tú también.

–¡Yo no! No me arrepentiré de nada de lo que haga contigo.

–Hazme caso, Violet. Venga, sé buena y vístete.

Violet no daba crédito a lo que oía. ¿De qué había que arrepentirse?

–Tienes miedo de que me enamore de ti –afirmó repentinamente inspirada.

La mirada de Leo le demostró que tenía razón.

–Es fácil confundir el deseo con el amor, sobre todo cuando eres joven.

–No soy tan joven. Tengo veinticinco años.

–Pero eres sexualmente inexperta.

–Porque he querido serlo. Y ahora he decidido dejar de serlo. Esta noche, aquí, contigo. ¿Y por qué sería tan terrible que me enamorara de ti?

–Lo sabes perfectamente, ya que no eres tonta. Soy un hombre de cuarenta años, divorciado dos veces y sin ninguna intención de volver a casarse. Tú tienes veinticinco y querrás casarte y tener hijos. No quiero volver mañana a Londres pensando que te he partido el corazón.

–Mi corazón es muy resistente, Leo, y yo también. No quiero vestirme ni ir al cine. Quiero quedarme aquí y quiero que me vuelvas a hacer el amor.

–¿Lo ves? Ya dices «hacer el amor». Yo no te he hecho el amor, he tenido relaciones sexuales contigo. El amor no ha intervenido en absoluto, te lo garantizo.

Violet reprimió un grito ante su brusquedad e inspiró profundamente.

–No he pensado que lo hubiera hecho –apuntó con calma–. Como acabas de decir, no soy tonta. Sé que solo ha sido sexo. Pero ha sido increíble, y sería estúpida si no deseara más.

Él frunció el ceño.

–Me estás poniendo las cosas muy difíciles.

–No sé por qué. No te pido amor ni matrimonio, sino una noche haciendo el amor. ¡Ay, perdona! Una noche de sexo.

Leo dejó de un golpe la taza en el escritorio y se puso a pasear por la habitación. Al final se detuvo y la miró exasperado.

–No podemos quedarnos toda la noche, Violet, sino un par de horas más.

–Puedo quedarme más. Joy no sabrá a qué hora he llegado. Lo que importa es que esté allí para desayunar. Toma pastillas para dormir.

–Pues Henry no, y eso que padece insomnio. ¿Qué voy a decirle cuando llegue de madrugada? Me despellejará vivo si sabe que he desflorado a su maravillosa ayudante.

Ella se encogió de hombros.

–Estoy segura de que se te ocurrirá una explicación plausible. Henry siempre dice que eres muy inteligente.

Él se echó a reír.

–¿Qué voy a hacer contigo?

–Muchas cosas, espero.

Leo negó con la cabeza.

–Te recuerdo que solo tenía un preservativo.

–Eso no es un problema... irresoluble.

Él enarcó las cejas.

–¿Ah, no?

–Tomo la píldora.

Leo abrió la boca y la miró con ojos como platos.

–¿Por qué me lo dices? –bramó–. Creí que eras inteligente.

–Y lo soy –se defendió ella alzando la barbilla.

–¿En serio? ¿Crees que es inteligente decirme que tomas la píldora justo ahora? Una chica inteligente se hubiera dado cuenta de que me está costando lo indecible reprimirme. Ahora me das carta blanca para dejar de hacerlo, a pesar de que podría haber estado teniendo sexo sin protección por todo el mundo.

–¿Y lo has hecho?

–¡Claro que no!

–Era lo que pensaba.

–¿Y vas a creerme sin más?

–No me mentirías.

Él levantó los brazos.

–¡Que Dios me proteja de la vírgenes de veinticinco años!

–Te recuerdo que ya no soy virgen –afirmó ella en tono despreocupado–. ¿Vienes a la cama o no?

–Eres incorregible.

–Supongo que eso es que sí.

–No tan deprisa, señorita. ¿Por qué tomas la píldora?

–Te lo he dicho durante la cena: tomar la píldora me curo el acné.

–Pero eso fue hace siglos.

Violet no quiso confesarle que no había perdido el miedo a que le volviera a salir.

–Supongo que se convirtió en un hábito. ¿Por qué? ¿Crees que te miento? Si es así, me vestiré e iremos al cine.

–No creo que me mientas. Y no quiero que te vistas.

Ella nunca había sentido una emoción como la que le provocaron sus palabras, pero no la manifestó en su expresión. Leo se quedaba e iba a hacerle el amor otra vez. Pero cuando iba a desabotonarse la camisa, se detuvo.

–Una última cosa.

El corazón de Violet dejó de latir.

–Haga lo que haga esta noche, diga lo que diga o te sientas como te sientas, esto nada tiene que ver con el amor. Dime que lo has entendido.

Ella no quería mentirle, pero a veces una mujer no tenía más remedio que mentir. ¿Qué alternativa tenía? ¿Confesarle su amor y marcharse? ¡De ninguna manera! Él era suyo, al menos por esa noche, y nada ni nadie lo impedirían.

–Claro que lo entiendo, Leo. No vamos a hacer el amor, sino a tener sexo. ¿Vale?

–No, no vale, pero ya es demasiado tarde para dar marcha atrás –gruñó él mientras se desvestía–. Somos presa del deseo. Eso es algo que deberías aprender esta noche, Violet. El deseo es tan poderoso como el amor; a veces, más. Porque el deseo pasa por encima de la conciencia, y solo le importan las formas más egoístas del placer sexual.

–Recuérdalo cuando mañana pienses en esta noche en tono romántico. Si eres sincera contigo misma a este respecto, te habré enseñado algo mucho más valioso que cómo excitar a un hombre.

Violet miró su cuerpo desnudo y comprobó que no necesitaba que lo excitaran: ya lo estaba.

Sintió un escalofrío cuando él se aproximó y le arrancó la sábana.

–Ya basta de timidez fingida, Violet, y de cháchara. Tenemos poco tiempo para estar juntos y no pienso desperdiciar ni un solo segundo.

# Capítulo 14

VIOLET se despertó cuando llamaron a la puerta. Tardó un par de segundos en darse cuenta de que estaba en su cama y de que era Joy quien llamaba.

—¿Te has muerto, Violet? Contéstame porque, si no, entraré.

—No me he muerto, pero estoy medio dormida.

—Van a ser las once y media, así que ya has dormido bastante. Acabo de preparar té. ¿Por qué no te levantas y me cuentas qué pasó anoche?

Violet ahogó un gemido al recordar su noche con Leo. ¿Había sido ella la que había hecho todas esas cosas, que entonces le habían encantado, pero que en aquel momento le parecían increíbles?

Había hecho todo lo que le había pedido Leo, y de buen grado.

Reconoció que su deseo de complacerlo poco tenía que ver con el amor. Leo estaba en lo cierto. No había sido amor lo que la había impulsado a obedecer todas sus órdenes y deseos, sino la necesidad de volver a escalar la montaña de la tensión sexual, de regodearse en los momentos en que, sin aliento, uno se balanceaba al borde del glorioso abismo antes de caer en él.

Si por ella hubiera sido, seguiría en la cama de

aquel hotel. Pero, alrededor de las dos, Leo había decidido acabar. Al principio, ella le dijo que no tenía que marcharse tan pronto. Sin embargo, él le ordenó que se vistiese inmediatamente si quería que la llevara a casa. Y eso hizo ella. Durante el trayecto solo hablaron cuando él le pidió indicaciones y ella se las dio.

Violet no daba crédito al cambio que se había producido en él. ¿Dónde estaba el amante apasionado de las horas anteriores? Leo se había vuelto frío y poco comunicativo. Cuando aparcó y apagó el motor no la besó para despedirse, sino que se limitó a decirle adiós.

Ella perdió los estribos y le dijo que era un canalla, aunque sabía que no era cierto. Fue en ese momento cuando se dio cuenta de lo que le sucedía.

—No tienes por qué sentirte culpable. Lo que hemos hecho ha sido maravilloso. Me ha encantado. Me niego a que vuelvas a Londres creyendo que has hecho algo malo, porque no es verdad. Quería perder la virginidad, y quería hacerlo contigo. Recordaré esta noche mientras viva.

—Gracias, Violet, eres muy amable. Ya es hora de que entres en casa. Es muy tarde. Te llamaré mañana antes de que el avión despegue.

—¿Me lo prometes? —prácticamente se lo rogó.

Él asintió.

Violet se acostó contenta por su promesa, pero pensó que no hubiera debido parecer tan desesperada. Probablemente él se arrepentiría y no la llamaría; o, si lo hacía, sería por cortesía.

«Así que no empieces a ver lo que no hay», se recriminó. «Se ha acabado. Y, si llama, te despides de él y sigues adelante».

–Tardo dos minutos –le gritó a Joy.

–Muy bien. Estaré en la cocina.

–Tienes un aspecto horrible –le dijo Joy nada más verla–. ¿A qué hora volviste?

–No lo sé –respondió Violet bostezando–. Después de las doce.

No era mentira. Había vuelto después de las doce, mucho después.

–¿Qué tal la película? –preguntó Joy mientras le servía una taza de té–. He leído en el periódico que es estupenda.

–Sí, sí, es muy buena.

–¿Y qué tal tu acompañante? ¿Es también estupendo?

Violet se encogió de hombros.

–No pareces muy impresionada. Supongo que tienes poco en común con alguien de su edad. ¿Te dijo al menos que estabas muy guapa?

–Me dijo que estaba bien.

–¿Que estabas bien? ¡Pero si estabas preciosa! Ese hombre no tiene gusto. ¿Y la cena?

–Excelente, al igual que el vino. Leo no bebió mucho para poder traerme a casa en el coche.

–Entonces, ¿lo pasaste bien?

–Sí, muy bien.

–¿Vas a seguir aceptando nuevas invitaciones?

Violet no se imaginaba teniendo más citas en aquellos momentos, al menos hasta que se olvidara de la noche anterior. ¿Qué hombre podría compararse con Leo en la cama o fuera de ella? Aunque le hubiera hecho un favor al hacerle perder la virginidad e introducirla en los placeres de la carne, le había quitado las ganas de estar con otros hombres.

Tal vez no estuviera realmente enamorada de Leo, pero estaba loca por él. Y no iba a contarle nada de aquello a Joy.

–Estoy dispuesta a aceptar más citas.

–Cuánto me alegro. Tengo que decirte una cosa. Lisa me ha pedido que vaya a vivir con ella.

Lisa era la única hija de Joy. Había conocido a Don, su marido, en Estados Unidos, se habían casado y ella se había quedado a vivir allí. Tenían dos hijos adolescentes y vivían en Miami. Don era agente inmobiliario, por lo que disfrutaban de una holgada posición económica.

–Lleva un tiempo pidiéndomelo.

Violet frunció el ceño.

–No me habías dicho nada.

–Al principio no quería ir. Y cuando me decidí a hacerlo no quise dejarte.

Violet se conmovió.

–No debes quedarte por mí, Joy. Me las arreglaré sola, de verdad.

–Estoy segura. Ahora, sí.

Violet sabía que con ese «ahora» se refería a ahora que había llevado a la práctica sus propósitos para el nuevo año. Tuvo que reconocer que la noche anterior le había supuesto una inyección de seguridad en sí misma. Le había dejado de preocupar su aspecto y si podía atraer a los hombres, porque sabía que era capaz de hacerlo. También se veía compartiendo piso con otra chica cuando Joy se marchara.

De todos modos, la echaría mucho de menos.

–¿Cuándo piensas irte? –le preguntó tratando de no parecer triste.

–No inmediatamente. Tengo que vender la casa primero.

–No tendrás problemas para encontrar un comprador.

La zona resultaba muy atractiva para parejas y personas solteras jóvenes de profesiones liberales.

–Es lo que dice Lisa. Pero no me hago una idea del precio. No sé cómo está el mercado en estos momentos.

–Los precios han bajado un poco, pero es una zona muy interesante. Tendrás que empezar a tirar cosas.

Joy asintió.

–Sí, ya lo he pensado. No voy a llevarme nada de lo que he ido guardando a lo largo de los años, solo la ropa.

–¿En serio?

–Tal vez un par de objetos, pero nada más. A medida que he ido envejeciendo me he dado cuenta de que no necesito estar rodeada de cosas para ser feliz. Solo necesito a mis seres queridos.

La expresión de Violet hizo que Joy, por razones equivocadas, añadiera inmediatamente:

–Eso no significa que no te quiera, pero veo que estás a punto de emprender el vuelo, y estoy segura de que este año te enamorarás de alguien que te adorará.

Violet estaba a punto de llorar. Tal vez estuviera verdaderamente enamorada de Leo.

–Ya no me necesitas. Lisa, en cambio, sí. Se siente sola. Don trabaja mucho, y ya sabes cómo son los adolescentes; se pasan todo el día con el móvil o sentados frente al ordenador, no con su madre.

–Hablando de madres, la tuya llamó anoche porque tenías apagado el móvil. Me dijo que la llamaras hoy.

Violet suspiró.

–Lo haré. Me muero de hambre. Voy a desayunar y después iré a comprarme ropa, esta vez para ir a trabajar.

–Buena idea. Y cómprate algo para ir al gimnasio, que es donde tienes más oportunidades de conocer a un hombre. ¿Te has apuntado ya a alguno?

–No.

–Pues date prisa. Tus buenos propósitos no se van a hacer realidad de la noche a la mañana teniendo en cuenta la clase de persona que eres. No me mires así. No en vano llevo años viviendo contigo. No eres una chica fácil, sino que necesitas enamorarte para acostarte con un hombre.

Violet no sabía si reír o llorar.

Pero pensó que probablemente Joy la conociera mejor que ella misma, lo cual quería decir que se había enamorado de Leo.

Esa idea la deprimió durante unos segundos, pero se animó al pensar que era mejor enamorarse y perder al ser amado que no enamorarse.

# Capítulo 15

LEO llegó a la sala de espera de primera clase del aeropuerto una hora antes de que saliera el vuelo para Londres. Se tomó un zumo de naranja mientras pensaba en la promesa que le había hecho a Violet de llamarla.

Un caballero siempre cumplía sus promesas.

Pero no quería hacerlo, porque si volvía a hablar con ella la volvería a desear, a pesar de que su deseo hubiera debido saciarse la noche anterior. No recordaba haber tenido tanto sexo en tan poco tiempo, en todas las posturas, con todos los juegos previos que conocía y pidiéndole cosas a Violet que casi esperaba que rechazara.

¿Y qué había hecho ella? Acceder a todo lo que le había pedido abandonándose a él por completo. Al final no se había saciado de ella. Y el placer no había derivado solo de su propia satisfacción, sino más bien de contemplar la de ella. Le había encantado su forma de reaccionar y su confianza en él.

Esa ingenua confianza lo había obligado finalmente a detenerse antes de que se transformara en algo más profundo. No soportaría hacer daño a Violet, y se lo haría si se enamoraba de él.

Se había mostrado frío cuando la llevó a su casa con la esperanza de que ella se desilusionara, cosa que no había sucedido. Y al final le había prometido que la llamaría.

Una promesa estúpida, ya que no tenían futuro. Aunque ella hubiera sido mayor y más experimentada, vivía en el otro extremo del mundo.

Pero tenía que cumplir su promesa. Sacó el móvil y decidió que mantendría una conversación corta y que no diría ninguna estupidez, sino que animaría a Violet a seguir adelante y a olvidarse de él.


Violet había decidido dar sus compras por concluidas y comer algo cuando le sonó el móvil. La posibilidad de que fuera Leo le aceleró el pulso mientras sacaba el aparato del bolso.

«Por favor, que no sea mi madre», rogó para sí.

No perdió el tiempo mirando quien llamaba.

—Diga —dijo casi sin aliento.

—Soy Leo.

—Me alegro de que hayas llamado.

—Te lo prometí.

—Sí, lo sé, pero creí... No importa. Supongo que ya estarás en el aeropuerto.

—Sí, pero el avión no sale hasta dentro de una hora.

—Estupendo, así tienes tiempo para hablar. He salido a comprarme ropa e iba a comer algo. Acabo de entrar en un café. No cuelgues, por favor, que voy a pedir en la barra.

Leo ahogó un suspiro al darse cuenta de que no tenía intención alguna de colgar. Violet era tan irresistible al otro lado del teléfono como en la cama.

—Ya he vuelto —dijo ella treinta segundos después—. ¿Sigues ahí?

–Pues claro. ¿Te has comprado muchas cosas?

–Nada en absoluto. Me parece que no tengo sentido de la moda.

–Tonterías. Anoche estabas espléndida.

–Gracias, pero no fui yo la que eligió el vestido, sino que me lo sugirió la dependienta.

–Pues vuelve a la tienda y pídele que te ayude.

–Buena idea.

–Mis ideas suelen serlo. Y, sí, tengo un ego como una catedral.

Ella se echó a reír.

–No es verdad.

–Henry no estaría de acuerdo después de lo de anoche.

–No le habrás contado lo que pasó, ¿verdad?

–No, pero tuve que buscar una excusa para justificar que llegara después de las tres de la madrugada. Todavía estaba levantado, así que le dije que te había metido en un taxi después de la película y que me había ido a uno de los bares del casino, donde había conocido a una turista muy sexy que me había invitado a su habitación.

–¡Vaya! ¿No podías haberle dicho que te pusiste a apostar?

–No porque Henry sabe que no me juego mi dinero.

–Pero lo haces produciendo películas.

–Es cierto, pero no es lo mismo. Apostar en el casino es cuestión de suerte, y las mayores probabilidades de ganar las tiene la banca. Al rodar una película, las posibilidades de ganar aumentan si el guion es comercial. De ese modo se reduce el riesgo de pérdida de lo invertido. Por desgracia, en mi última película me dejé llevar por las emociones en vez de por la cabeza, un error que no volveré a cometer.

Afortunadamente iba a embarcarse en un nuevo proyecto no solo como productor, sino como director. Se moría de ganas. Producir había comenzado a aburrirlo, al igual que antes le había sucedido con la abogacía.

–¿Cuál es el elemento clave para que una película tenga éxito? –preguntó ella.

–Lo siento, pero es un secreto.

–No seas tonto. No se lo contaré a nadie.

–¿Por qué no tratas de adivinarlo?

–De acuerdo. Veamos... Una película no es lo mismo que un libro, aunque comparten elementos básicos. Se necesitan unos protagonistas que despierten tu interés. No, borra eso. No todos tienen que hacerlo, pero sí el protagonista principal, que preferiblemente será un hombre.

–Eso es machismo.

–Más allá de la corrección política, la mayoría de las películas de éxito que conozco las protagoniza un hombre.

–De acuerdo. ¿Qué más?

–Escenas de acción, y no me refiero a persecuciones de coches, que detesto. La historia debería narrarse mediante acciones en vez de palabras. El diálogo debe contribuir a contar la historia, y no se deben desperdiciar palabras.

Leo estaba impresionado.

–Sigue.

–Luego tiene que haber un conflicto creíble. Los espectadores deben creer que es verdad lo que les cuentan.

–¿Algo más?

–El ritmo es importante. Cuando solo se tienen dos horas para contar una historia, lo mejor es ir directamente al grano y no parar hasta el último momento. Si el ritmo se hace lento durante mucho tiempo, se corre el riesgo de perder a los espectadores. Y el final debe ser satisfactorio, con todos los cabos bien atados.

–Los finales de mis películas son así.

–Muy bien. Espera un momento, que ya vienen el café y el sándwich que he pedido. Perdona si mastico y bebo mientra hablamos. ¿Qué pasó con tu última película?

–Según un inteligente crítico al que acabo de conocer, se hablaba demasiado, no tenía ritmo ni suficiente acción.

–¿Por qué la hiciste? No me lo digas: estaba basada en un libro que te encantaba, un libro muy largo.

–En efecto.

–De un libro largo no suele salir una buena película. En realidad, de la mayoría de los libros no salen buenas películas, salvo honrosas excepciones. Espero que tu próxima película no se base en un libro.

–No, es un guion original. Pero tras haber hablado contigo hay un par de cosas que me preocupan. ¿Y si te mando el guion por correo electrónico cuando llegue a casa y me das tu opinión? ¿Te importa?

¿Que si le importaba? ¡Estaría encantada! Como cualquier cosa que contribuyera a mantenerlos en contacto. Ya estaba pensando que él volvería para visitar a Henry, y cuando lo hiciera...

Pero tenía que parecer tranquila. Si él sospechaba que estaba enamorada, saldría corriendo. Leo no quería líos románticos, solo sexo y conversaciones inteligentes sobre películas.

–Lo leeré encantada –afirmó ella–. Pero, Leo...

–¿Sí?

–Los guiones no son mi especialidad. Lo que te he dicho es una opinión personal.

–Y muy brillante, Violet. Entiendo por qué Henry valora tu juicio. Tienes una mente creativa y una gran capacidad analítica. ¿Me das tu dirección electrónica?

La introdujo en el teléfono mientras ella se la decía.

–Me gustaría que me dijeras lo que piensas del guion lo antes posible, ya que empezamos a rodar la semana que viene. Y no espero que lo hagas gratis. Te pagaré como asesora. ¿Qué te parecen dos mil libras?

–¡De ninguna manera! No quiero que me pagues. Lo leeré con mucho gusto.

–¿Estás segura?

–Totalmente –no hubiera estado bien aceptar dinero suyo.

–Muy bien. ¿Cómo está el café? Espero que no hayas dejado que se enfríe.

–Le voy dando sorbos.

–¿Y el sándwich?

–Puede esperar –no iba a desperdiciar ni un segundo de la conversación para ponerse a comer–. ¿A qué hora llegarás a Londres?

–A las seis de la madrugada.

–Es temprano. ¿Te irá alguien a recoger? –aquello era entrometerse en su vida personal, pero se le había ocurrido muchas veces que Leo tendría una amiga en Londres, o varias. No llevaría una vida monacal. Pero, en realidad, prefería no saberlo.

–No. Tomaré un taxi para ir a casa. Está en Wimbledon, que es una zona de las afueras de Londres, además de un torneo de tenis.

–No sé jugar al tenis, pero me encanta verlo en televisión. Me gustaría ver un partido allí.

–¿Por qué no lo haces? –le preguntó Leo sin pensar.

–No me atrevo a viajar sola.

Tendría que pensárselo mucho para volver a subirse a un avión, aunque sabía que acabaría por hacerlo.

–Eso es lo que diría la antigua Violet, no la nueva. Deberías viajar mientras tienes la posibilidad de hacerlo.

–¿A qué te refieres?

–A que lo hagas antes de casarte y tener hijos.

–No tengo intención alguna de formar una familia hasta dentro de mucho tiempo –protestó ella–. Estoy empezando a vivir, Leo. ¿Te das cuenta de que hasta ayer por la noche nunca había salido con un hombre?

–Supongo que la situación cambiará en un futuro próximo, Violet. Los hombres se desvivirán por salir contigo –«y llevarte a la cama», pensó.

Le sorprendió lo mucho que le molestó la idea. Era ridículo. Debería animarla a buscarse otros amantes. ¿Cómo, si no, iba a estar segura de haberse enamorado, si sucedía? La experiencia era la única vía hacia la madurez y el conocimiento.

–Tengo que ponerme al día en muchas cosas –afirmó ella en tono pensativo–. La mayoría de las mujeres de mi edad han tenido una docena de novios; yo, en cambio, no he tenido ninguno.

–No creo que buscarte novio sea lo primero que debas hacer. Deberías salir con muchos hombres distintos y seguir libre y sin compromiso.

–Me encanta eso. Parece muy emocionante.

–Es emocionante ser libre de ir donde quieras y hacer lo que desees sin tener que dar explicaciones a nadie.

–¿Es eso lo que tú haces, Leo, ahora que estás divorciado y que tu hijo es mayor?

–Hasta cierto punto, ya que tengo obligaciones laborales, aunque tengo la suerte de que me gusta mi trabajo.

–A mí también me gusta el mío.

–Entonces, tienes suerte también. A la mayoría no le sucede. Hablando de trabajo, ¿cuándo crees que podrás leer el guion?

–Si me lo envías en cuanto llegues a casa, lo habré acabado después del fin de semana.

–Estupendo. ¿Me mandarás por correo electrónico tu opinión o prefieres que te llame por teléfono?

Se dio cuenta de inmediato que tenía que haberle dicho que se la enviara por correo electrónico, pero fue incapaz de hacerlo. Le gustaba hablar con ella casi tanto como dormir con ella.

A Violet le dio un vuelco el corazón.

–Creo que es mejor que me llames –afirmó en tono neutro–. A veces se tarda más en solucionar algo mediante correos electrónicos que con una simple llamada –desde aquel momento buscaría razones para que la volviera a llamar.

–De acuerdo. ¿Qué te parece el domingo, sobre las nueve de la noche? En Londres será mediodía. ¿Podremos hablar entonces?

Violet hubiera podido aunque fuera a las tres de la madrugada.

–Sí, muy bien.

–Entonces, hasta el domingo. Tengo que colgar, Violet. Le he prometido a Henry que lo llamaría antes de embarcar. Adiós.

–Adiós.

Estaba perpleja ante el giro de los acontecimientos. Al salir de casa se había resignado a la realidad de que su aventura de una noche con Leo ya era cosa del pasado y no contemplaba que volvieran a comunicarse después de que él la llamara para despedirse, lo cual tampoco estaba segura de que sucediera.

Pero él no solo había llamando, sino que habían charlado mucho rato y la había animado a viajar, a desplegar las alas, como había hecho Joy. Y, aunque no le hacía gracia que la hubiera animado a acostarse con otros hombres, decidió no preocuparse por eso y centrarse en mantener abiertas las vías de comunicación con él. Ya estaba planeando cómo hacerlo, y también planeaba otras cosas.

¿Cuándo se celebraba el torneo de Wimbledon? Creía que durante el verano europeo, una estación perfecta para pasar unas vacaciones en Londres, además de demostrarle a Leo hasta dónde podía desplegar las alas.

# Capítulo 16

LO PRIMERO que notó Leo al entrar en su casa era lo fría que estaba. Y lo vacía. Pasar la Navidad con Henry lo había acostumbrado a estar acompañado. Y también se había habituado al glorioso tiempo de Sídney.

Pero no pensó en Henry ni en el tiempo australiano cuando encendió la calefacción, sino en Violet, como había hecho durante el largo viaje de vuelta.

Mientras subía el equipaje al piso superior se preguntó por qué lo fascinaba tanto. No era solo porque fuera joven y guapa. Después de divorciarse de Helena había conocido muchas mujeres jóvenes y guapas, y ninguna había despertado su interés como Violet. Claro que Violet no era como ellas: no era desvergonzada, ni ambiciosa, ni dura, sino dulce, amable y encantadora.

Reconoció que esas cualidades pasadas de moda lo atraían. Y, aunque entendía por qué le gustaba tanto, le molestaba desearla como lo había hecho y como lo seguía haciendo.

Rechazó la idea de que se debiera a su virginidad, ya que lo había excitado mucho antes de saber que no la había perdido. Además, nunca lo había seducido la idea de hacer perder la virginidad a una joven. Al contrario, lo asustaba porque temía hacerle daño física y emocionalmente. Por suerte, con Violet no había sido así.

Suspiró al dejar la maleta a los pies de la cama y se dirigió al estudio. Seguir en contacto con ella, aunque fuera verbal, no contribuiría a erradicar su deseo ni a que ella dejara de resultarle una tentación.

No debería haberle dicho que le mandaría el guion ni, desde luego, que la llamaría. Pero era verdad que había algunas cosas sobre el guion que le preocupaban. Sabía por experiencia que era fácil no ver los pequeños defectos cuando la historia era convincente. Llevaba cierto tiempo pensando que había algo en la primera parte que no funcionaba, pero no sabía qué.

Violet probablemente lo sabría. Era inteligente y, sobre todo, sincera. Le diría la verdad, por difícil de aceptar que resultara. Como no quería volver a fracasar, tendría que apretar los dientes y hablar con ella el domingo por la noche. Y soportar las noches de insomnio que vendrían después.

Mientras tanto, se imponía hacer una visita a Mandy. La llamaría en cuanto hiciera lo que tenía que hacer. Se sentó frente al ordenador, lo encendió, escribió un breve correo al que adjuntó el archivo del guion y lo envió.

Volvió al dormitorio, agarró ropa limpia y fue a ducharse. Al salir del cuarto de baño llamó a Mandy.

—Ah, has vuelto —dijo ella en tono distraído.

Una respuesta muy distinta de la que Violet le había dado el día anterior. De todos modos, Leo entendía que resultara difícil cuidar a dos niños cuando no se estaba acostumbrada.

—¿Te están dando la lata los gemelos?

—No te haces una idea.

–Pues espera a que cumplan quince años.

–No quiero pensarlo. He llegado a la conclusión de que no me gusta el sexo opuesto. Los hombres sois arrogantes, egoístas y perezosos. ¿Qué tal las Navidades?

–Maravillosas –y lo decía de verdad.

–Te has acostado con algunas rubias, ¿verdad?

A Leo le repugnó cómo había entendido Mandy su afirmación, además de la idea de que él tuviera sexo indiscriminado no con una, sino con varias mujeres. De repente, la idea de tenerlo con ella también le repugnó.

Lo que implicaba decirle que habían acabado.

–Mandy... –detestaba hacer daño a una mujer, aunque fuera tan cínica como Mandy.

Ella lanzó un suspiro de cansancio.

–Por favor, no me digas que vienes a pasar la noche. Los niños siguen aquí y estoy muy cansada.

–No, no voy a ir a pasar la noche. En realidad, no volveré a ir. Ha sido estupendo, y me sigues gustando mucho, pero he conocido a otra persona.

–¡Caramba! –exclamó ella sin conseguir ocultar su despecho–. ¿Resulta que una de las rubias te tiene entre sus garras?

–Violet no es rubia –respondió él con frialdad–. Y no tiene garras. Creo que todas las gatas viven en Londres.

–¡Vaya, vaya! No te pongas así. No quería ofenderte. Es evidente que debe de ser encantadora para haberte causado tanta impresión. Siempre has dicho que no te interesaba una relación seria. ¿Ha vuelto contigo la tal Violet? ¿Se ha mudado a tu casa?

–No, sigue en Sídney.

–Ya sabes que las relaciones a distancia no funcionan, y menos con un hombre como tú. Son demasiados días y noches sin sexo.

–No soy un adicto al sexo, Mandy –dijo él.

Deseaba no haber tenido que dar a entender que tenía una relación con Violet, cuando no era así. Pero había tenido que buscar una excusa para no parecer cruel. Al fin y al cabo, llevaba un tiempo acostándose con Mandy.

–Espero que no estés enfadada.

–No, pero te echaré de menos. Eres un amante maravilloso, mucho más de lo que crees. Pero debo reconocer que me has sorprendido. Decías que no volverías a enamorarte ni a casarte.

–No he dicho que me haya enamorado. Y tampoco tengo intención de volver a casarme –dijo él subiendo la voz.

–Muy bien, no hace falta que me grites. Solo espero que se lo hayas dejado claro a tu nueva amiga. ¿Cuántos años tiene?

–No creo que su edad sea asunto tuyo.

Mandy soltó una risa seca.

–Ya veo, es joven. Supongo que muy joven. Y hermosa, sin duda.

–No es tan joven, pero es hermosa por fuera y por dentro.

–Veo que te ha dado fuerte. Tal vez fuera mejor que volvieras a Sídney y te acostaras con ella al menos durante un mes, para después olvidarla. Si no, puede que cometas una tontería, como pedirle que se case contigo.

Leo se echo a reír.

–Creía que me conocías mejor.

–Yo también. No voy a decirte que no hay peor tonto que un viejo tonto, porque no eres tan viejo. Pero ten cuidado, Leo. El amor nos vuelve idiotas. En cualquier caso, llámame cuando recuperes el juicio o cuando te aburras del sexo telefónico. Mientras tanto, buena suerte. Me da la impresión de que vas a necesitarla.

# Capítulo 17

VIOLET le contó a Joy la verdad, aunque no toda. No le dijo que se había acostado con Leo en vez de ir al cine, pero le contó que él la había llamado desde el aeropuerto, que le había pedido que leyera el guion y que volvería a llamarla el domingo.

Por tanto, el domingo por la noche no tuvo nada que ocultar a Joy, aparte de lo nerviosa que estaba. Era su única oportunidad de convencer a Leo de que continuara llamándola. Era una situación delicada, ya que tenía que decirle que el guion tenía un defecto fundamental.

¿Se enfadaría con ella? ¿Estaría dispuesto a creerla?

Violet sabía por experiencia que los autores eran muy suspicaces a las críticas sobre su trabajo. Algunos montaban una bronca, pero esperaba que Leo no fuera así y que la escuchara porque, si no lo hacía y no estaba dispuesto a efectuar el cambio que le iba a proponer, no habría ninguna razón para que siguiera en contacto con ella y se evaporaría la posibilidad de volver a verlo en un futuro próximo.

Y la idea le resultaba insoportable. No podía esperar hasta las Navidades siguientes. Al fin y al cabo, era posible que él no volviera por esas fechas. Tampoco estaba segura de poder esperar hasta el torneo de

Wimbledon, que había averiguado que era a finales de junio. Faltaban casi seis meses, casi doscientos días con sus noches.

Las dos anteriores ya habían sido bastante malas, repletas de atrevidos sueños eróticos. Se había despertado húmeda de deseo y preguntándose si aquello era amor o pura lujuria. Y se dijo que debía de ser amor, porque solo quería hacer esas cosas con él.

–Parece que tienes el baile de San Vito, Violet –le dijo Joy cuando se levantó del sofá por enésima vez.

–Detesto que la gente no llame a la hora concertada –Leo se había retrasado cinco minutos.

Justo en ese momento sonó el teléfono.

Violet trató de guardar la compostura a pesar de que el estómago se le había contraído. Apretó los dientes y se acercó adonde había dejado el móvil. Respondió a la llamada mientras se dirigía a su habitación.

–Hola, Leo.

–Violet, ¿has tenido tiempo de leer el guion?

Ella trató de no dar importancia a que se hubiera saltado las cortesías de rigor. Podía haberle preguntado cómo estaba.

–Sí, lo he leído un par de veces.

–¿Y?

–Es una historia muy buena, porque trata de un hombre corriente, un contable, cuyo hermano gemelo, bastante menos corriente al ser detective privado y un playboy, ha sido asesinado. Para resolver el asesinato, el contable se hace pasar por su hermano con la ayuda de la guapa recepcionista de su despacho, que siente algo por él a pesar de que está casado.

–¿Y qué le pasa al guion?

–Es original y los dos protagonistas son interesantes. Quieres que las cosas les salgan bien, como afortunadamente sucede. Un final desgraciado no hubiera servido.

–Sigues sin decirme qué le pasa.

–No me gusta la escena de sexo.

–¡La escena de sexo! –exclamó Leo sorprendido–. ¿Qué tiene de malo?

–Mucho. En primer lugar, es demasiado explícita, lo que hará que la censura aumente la edad autorizada para verla, y no creo que eso le convenga a la película desde el punto de vista comercial.

–Muchas películas con escenas de sexo funcionan muy bien en taquilla. El sexo vende.

–¿No querías saber mi opinión?

–Sí, continúa.

–Aparte de ser demasiado explícita, aparece muy pronto en la historia, lo que destruye la tensión sexual que crea la trama, que debería mantenerse mucho más tiempo. Además, en ese punto de la historia, el protagonista sigue viviendo con su esposa. Esta lo engaña y los espectadores lo saben, pero, si él se acuesta con la protagonista antes de enfrentarse a su esposa y marcharse, resulta menos heroico. Siente la tentación, desde luego. Sí, definitivamente debe besar a la chica, y detenerse ahí hasta llegar al desenlace, e incluso entonces sería mejor que el sexo quedara implícito en vez de mostrarse.

–Creía que te gustaban las escenas de sexo atrevido.

–Solo en los libros.

Leo suspiró.

—Lo siento, Leo, pero me has pedido mi opinión. No hay nada peor en un romance que destruir la tensión sexual demasiado pronto. Y el guion es una historia romántica y de suspense.

–Por desgracia, creo que tienes razón.

–¿Estás de acuerdo conmigo?

–Solo en lo que se refiere a esta película. Me doy cuenta de que esa escena sexual es gratuita. Le diré al guionista que la cambie por la de un beso apasionado y nada más. Aunque en la vida real no sucedería eso: ningún hombre heterosexual y con la sangre caliente se detendría ahí, sobre todo cuando la chica es hermosa y sexy y ha dejado claro que lo desea.

–Supongo que no.

–No es cuestión de suponerlo. El deseo se sale con la suya, hazme caso. ¿Es eso todo con respecto al guion? ¿Alguna otra crítica?

Violet, consternada, se dio cuenta de que Leo iba a dar la conversación por terminada.

–No –tuvo que reconocer después de devanarse los sesos buscando alguna.

–Bien, muchas gracias, Violet. Yo... ¡Maldita sea! –exclamó de repente–. No sirve de nada. He tratado de resistirme, de verdad. Pero supongo que no soy tan noble. Supe que me había metido en un lío cuando rompí con Mandy.

Violet se quedó perpleja ante el arrebato de Leo.

–¿Quién es Mandy?

–Una amiga. No te preocupes, no estaba enamorada de mí. Teníamos un... arreglo estrictamente sexual. Está divorciada. La llamé poco después de volver creyendo que si tenía relaciones sexuales con ella dejaría de desearte. Pero cuando hablamos me di cuenta de que no podía hacerlo, ya que no la deseaba. Te deseaba a ti, Violet.

Ella ahogó un grito.

—Me sigues deseando, ¿verdad? —preguntó él en tono apasionado.

¿Desearlo? Lo deseaba tanto que le dolía, el cuerpo y el corazón.

—Sí —reconoció con voz temblorosa—. Mucho. Pero...

—Ya me sé todos los inconvenientes. Me acosan desde aquella noche, pero han dejado de importarme. Tengo que volver a verte o me volveré loco. Me dan igual la diferencia de edad y la distancia. ¿Tienes pasaporte?

—No, pero puedo sacármelo.

—¿Cuándo lo tendrías?

—No lo sé.

—Si en Australia van las cosas como en Inglaterra, tardará semanas, aunque no importa porque tengo que estar aquí tres meses rodando la película.

—Podría ir yo allí —afirmó ella, a pesar de que no tenía ganas de montarse en un avión tan pronto—. No sé qué le diré a Henry. No tendré vacaciones hasta finales de año. A tu padre no le importaría que me tomara un par de días libres, pero se tarda casi uno en llegar a Londres.

—Soportaré la frustración si sé que al final nos veremos. ¿Qué te parece en Semana Santa? Ya habré terminado la película. ¿Podrías tomarte unos días entonces? Me encantaría enseñarte París. En primavera está precioso. Puede que aún haga un poco de frío, pero si hace mucho nos quedaremos en la cama. ¿Qué me dices?

Violet se había quedado sin respiración al oírle decir que no saldrían de la cama.

—Me encantaría ver París en primavera.

–Estupendo. Entonces, lo organizaré todo. No tendrás que pagar nada, solo sacarte el pasaporte.

–Lo haré inmediatamente.

–¡Fantástico! No te haces idea de lo bien que me siento. Me estaba volviendo loco. No me sentía así desde... Pues desde que era un adolescente.

A Violet no le hizo gracia que fueran las hormonas las que impulsaran a Leo, pero no dijo nada por miedo a perder la posibilidad de volver a verlo. Para ser sincera, deseaba a Leo tanto como lo amaba. Se moría de ganas de volver a estar con él en la cama, de sentir su cuerpo y de sentirlo dentro de ella. Deseaba acariciarlo y besarlo por entero.

Y viceversa. Esa era una de las cosas que él le había hecho aquella noche. Se estremeció al pensar en su boca allá abajo y al imaginar dónde querría él que pusiera la suya. Tragó saliva mientras la invadía una oleada de calor.

Al ver que ella no decía nada, el añadió:

–Te he puesto en una situación embarazosa.

–No, no. Estoy sorprendida, eso es todo. Me imaginaba que podrías tener a cualquier mujer en Inglaterra.

–Eso es muy halagador, pero no deseo a ninguna otra mujer, solo a ti.

–¿Por qué? –preguntó ella verdaderamente perpleja por su pasión hacia ella–. ¿Por qué me deseas?

–Tal vez porque me haces preguntas como esa.

–Entonces parezco tonta.

–No, me he expresado mal, ya que eres cualquier cosa menos tonta. Eres muy inteligente, Violet. Me encanta hablar contigo. Además, tu forma de ser no está contaminada, lo que me resulta encantador. Me gusta que expreses tu opinión sin reservas, y también que no te hayas dedicado a acostarte con cualquiera.

–¿Quieres decir que te excitaba que fuera virgen?

–Me he vuelto ha expresar mal. Me refiero a que me he cansado de estar con mujeres que llevan tanto tiempo relacionándose con hombres distintos que ya no tienen nada que descubrir: un placer desconocido o una nueva experiencia.

–Y, sí, antes de que me acuses de aplicar un doble rasero, soy culpable de lo mismo. A mis cuarenta años, poco me queda por hacer, desde el punto de vista sexual. Estoy harto. Para serte sincero, el año pasado el sexo me servía solo para relajarme. Sin embargo, al conocerte, ha vuelto a ser increíble. Eres increíble, Violet.

Ella se sonrojó, pero no se dejó confundir por sus halagos.

–Entonces, te excitaba que fuera virgen –repitió.

Él se echó a reír.

–De acuerdo, si insistes... Me excitaba que fueras virgen.

–Ya no lo soy, Leo –apuntó ella esforzándose por contener una ira creciente.

–No, pero sigo siendo tu primer amante.

–¿Y esperas que no salga con nadie hasta Semana Santa? Al fin y al cabo, fuiste tú quien me aconsejó que no me inclinara por la exclusividad, que probara distintas cosas, lo que supongo que quería decir distintos amantes.

–No te ordeno que me esperes, solo te lo pido.

–Si lo hago, quiero poder hablar con otras personas de nuestra relación, sobre todo con Joy, ya que se preguntará por qué no salgo con nadie, como le dije que haría este año. Y está también mi familia. Le prometí a mi madre que iría a verlos en Semana Santa, por lo que tendré que contarle por qué no lo hago. Y, por último, está Henry.

–Con Henry no puedes hablar –dijo él con brusquedad.

–¿Por qué no? ¿Sigues avergonzándote de haberte acostado conmigo?

–Nunca me he avergonzado, Violet.

–Entonces, te sientes culpable.

–No lo entiendes.

–Pues explícamelo.

–Creía haberlo hecho. Henry no aprobaría nuestra relación. Tu situación se volvería insostenible en el trabajo si le dices que somos amantes.

A pesar de que la molestaba, Violet se dio cuenta de que tenía razón.

–Muy bien, no se lo diré, pero se lo contaré a Joy y, más adelante, le diré a mi familia que no puedo ir en Semana Santa porque he conocido a un guapo productor de cine que me va a llevar a París.

–¿Y vas a decirles que soy un divorciado de cuarenta años?

–Sí, ¿por qué no?

–No les gustará.

–Me da igual que les guste o no. Es mi vida, Leo, y voy a vivirla.

Él lanzó un gemido.

–Y me preguntas por qué te deseo. Será un milagro que aguante hasta Semana Santa sin subirme a un avión que vaya a Sídney. Mientras tanto, te llamaré todos los días. O te mandaré SMS continuamente. ¿Te importa?

–Trataré de soportarlo.

–Ahora me vienes con sarcasmos. Hace unos días eras una chica tímida.

–En algún momento hay que madurar.

–No lo hagas muy deprisa, cariño. Adiós. Que duermas bien.

Violet se quedó mirando el teléfono. Leo la había llamado «cariño». ¿Lo sentía así o era un término afectuoso que utilizaba con todas sus novias y amigas? ¿Con sus dos exesposas? ¿Con esa Mandy?

Probablemente. Y, aunque no debería preocuparle, le resultaba difícil no estar celosa de las demás mujeres de Leo. Él, por su parte, no podía sentirse así, ya que ella no había estado con ningún otro hombre.

–París en primavera –susurró.

La ciudad del amor.

Se estremeció al pensarlo.

–Tendré que tener ropa adecuada para entonces –dijo en voz alta.

Se levantó de un salto. Se sentía llena de energía. A la mañana siguiente se matricularía en un gimnasio para ponerse en forma y buscaría un buen salón de belleza al que acudir regularmente.

–Has hablado mucho rato –observó Joy cuando Violet volvió al salón.

Pensó en contarle todo, pero decidió que no era el momento adecuado. Joy tenía muchas cosas en qué pensar y no quería que se preocupara por ella. Porque se preocuparía y lo desaprobaría. Leo tenía razón.

Se lo diría más tarde, o tal vez no lo hiciera. A fin de cuentas, en tres meses Joy habría vendido la casa y se habría marchado a Estados Unidos.

–Hemos hablado mucho sobre el guion –explicó Violet–. Me volverá a llamar cuando el guionista efectúe algunos cambios que le he sugerido.

–¿Te va a pagar por tus consejos?

–Se ha ofrecido, pero me he negado.

–Eres tonta.

–Le he dicho que, en lugar de pagarme, me compre un billete de ida y vuelta para Londres –a Violet se le ocurrió decir de pronto– y ha aceptado. Tendré que sacarme el pasaporte.

–Tardarán un tiempo en dártelo. ¿Cuándo piensas ir?

–Tal vez en los días de fiesta de Semana Santa.

–No merece le pena ir hasta allí solo para unos días. Pídele alguno más a Henry.

–Eso haré.

–Supongo que te pondrás nerviosa al volver a montarte en un avión.

–Probablemente, pero no voy a dejar de viajar por eso. Eres tú la que dice que vivir con miedo no es vivir.

–Es cierto. Vaya, vaya, cuánto has avanzado en tan poco tiempo.

# Capítulo 18

*Jueves Santo por la mañana, tres meses después*

Violet se sintió sorprendida cuando la azafata la despertó para desayunar porque no había esperado dormir en el avión, y mucho menos tan bien. Pensaba que la tensión la mantendría despierta, pero había dormido como un bebé. Volar en primera clase era muy cómodo y muy distinto a hacerlo en los estrechos asientos de la clase turista.

Cuando Leo le dijo que volaría en primera, ella protestó porque era un gasto innecesario. Pero él no le hizo caso y le dijo que no quería que llegara agotada.

–Ya es bastante sufrir el desfase horario –le dijo–. Solo tenemos cinco días, y no quiero pasarme los dos primeros viéndote dormir.

Ni ella tampoco, por lo que aceptó su generosa oferta.

Por fin había acabado la larga espera. Había desayunado, se había lavado y pensaba que pronto volvería a ver a Leo.

Pero primero tendría que enfrentarse al temido aterrizaje, que el capitán acababa de anunciar. Sin embargo, no hubo ningún tipo de incidente. Cuando el avión toco tierra, Violet dejó escapar un largo suspiro. De todos modos, no se relajó. Seguía teniendo un nudo en el estómago, pero por otros motivos.

Había llegado a conocer muy bien lo que era la frustración sexual. Durante los tres meses anteriores, ni un solo día había dejado de desear a Leo, lo cual era comprensible porque habían estado en contacto todos los días por teléfono, SMS o correo electrónico; sobre todo por teléfono. El mero sonido de su voz la excitaba.

Aunque él nunca le hablaba de sexo. Las conversaciones se referían a la vida diaria y al trabajo. Leo le hablaba del rodaje; ella a él, de su vida.

Joy había vendido la casa con todos los muebles a finales de enero. A mediados de marzo se había ido a Florida y le había dejado el coche a Violet, que lloró a mares cuando se fue.

Violet había pensado en compartir piso, pero Leo la aconsejó que no se apresurara a vivir con una desconocida, sino que aceptara la oferta de Henry de vivir en su piso hasta que encontrara una vivienda y una compañera que realmente le gustaran. Era lo que había hecho.

Leo le daba buenos consejos. En realidad, si alguien los hubiera oído hablar, habría pensado que eran socios o buenos amigos, pero no amantes.

Solo Joy había intuido la naturaleza de su relación. No tenía un pelo de tonta.

Había tardado nada más que dos semanas en comunicar a Violet su sospecha de que las numerosas llamadas de Leo solo podían significar una cosa: que había algo entre los dos más allá de los guiones cinematográficos.

Así que Violet le contó todo. No era su intención, pero le pareció que no podía seguir diciendo mentiras ni medias verdades. Además, le dio seguridad confiar en alguien mayor y con más experiencia. Le extrañó que su amiga no se sorprendiera ni desaprobara la relación.

–¡Qué suerte has tenido de conocer el sexo de esa manera maravillosa! ¡Claro que debes ir a París, aunque me parece que no verás mucho de la ciudad!

Las dos se echaron a reír.

Pero no todos los comentarios de Joy le parecieron bien a Violet. Le había soltado un discurso que se le quedó grabado en la mente.

–El hijo de Henry es un mujeriego, así que no esperes nada de vuestra relación. Trata de aceptarla como es: una experiencia de la que disfrutar, una educación. Te has enamorado, por supuesto. El amor siempre mejora el sexo en las mujeres, pero no esperes que él te corresponda ni que la relación dure.

Pero ella la había comenzado fingiendo precisamente eso.

No, no lo había fingido, sino que se lo había creído. Estaba segura de que él la quería aunque no se lo hubiera dicho. ¿Por qué iba a pasarse tres meses sin sexo si no sintiera algo más profundo que el mero deseo?

Tal vez Leo no se hubiera dado cuenta, pero lo haría algún día. Era cuestión de tiempo.

De tiempo...

Violet volvió a mirar el reloj. Solo habían pasado dos minutos desde el aterrizaje. ¿Por qué transcurría el tiempo tan lentamente? Los tres meses anteriores le habían parecido una eternidad. Y todavía tenía que desembarcar y pasar la aduana.

La paciencia no era una de la virtudes de Leo, por lo que había decidido no esperar a Violet en el hotel, a pesar de que era lo que le había dicho, sino ir al aeropuerto en una limusina alquilada. Se había quedado en ella mientras el chófer iba a buscarla.

Lo habría hecho él, pero no quería tener un encuentro con los paparazzi. Los aeropuertos internacionales eran uno de sus lugares preferidos. Rondaban por las puertas de salida con la esperanza de conseguir una fotografía de algún famoso que les proporcionara mucho dinero.

Lo último que Leo deseaba era que su padre lo viera con Violet en la prensa. Quería pasar los cinco días que tenían con ella sin preocuparse de nada más. Había acabado de rodar la semana anterior, y la posproducción no comenzaría hasta después de Semana Santa, lo que le dejaba esos días para hacer lo que llevaba deseando los tres meses anteriores.

Volver a estar con Violet.

¿Dónde estaba? Hacía siglos que el avión había aterrizado, por lo que supuso que se había retrasado en la aduana.

Viajar en avión era una pesadilla. Como había ido en primera clase, esperaba que Violet hubiera dormido un poco, a diferencia de él, que se había pasado la noche dando vueltas en su inmensa y solitaria cama. Sin embargo, al sonar el despertador se había levantado de un salto sintiéndose con más energía que nunca.

Ese día volvería a ver a Violet. Solo de pensarlo la sangre había comenzado a circularle más deprisa, aunque buena parte de ella había acabado en su entrepierna.

Miró por la ventanilla y vio al chófer que salía con las maletas. Violet iba detrás, preciosa con un traje de chaqueta blanco y una camisa de seda con el escote en pico que dejaba adivinar sus senos.

Llevaba el pelo recogido en un moño que le quedaba muy bien, pero que la hacía parecer mayor. Leo, que a diferencia de la mayoría de los hombres era un experto en maquillaje, notó que iba muy bien maquillada y que sus cejas eran distintas: más finas y arqueadas. Pero los ojos seguían siendo los mismos, y brillaban de felicidad.

Observó, aliviado, que Blancanieves seguía siendo natural y espontánea. Aunque fuera más arreglada, seguía siendo la dulce Violet que lo había hechizado.

«No es la clase de chica a la que un caballero seduce en el asiento de atrás de una limusina», pensó.

Y él era un caballero.

El chófer, después de guardar el equipaje, abrió la puerta para que Violet subiera al coche. Al mismo tiempo, Leo se desplazó hasta el extremo del asiento para que hubiera una distancia prudencial entre ambos.

−¡Ah! −exclamó ella al verlo. Le sonrió de oreja a oreja−. Has venido a buscarme. Es maravilloso.

−Tú sí que eres maravillosa −afirmó él al tiempo que se inclinaba y la saludaba con un pellizco en la mejilla−. Me gusta tu peinado, te queda muy bien. Y este traje de chaqueta te está todavía mejor que el vestido negro.

Ella volvió a sonreír.

−Lo elegí yo sola. Claro que no he viajado con él. Me lo he puesto esta mañana después de desayunar.

Leo pensó en cuándo podría quitárselo.

−Yo también hago lo mismo cuando viajo. ¿Qué tal el vuelo? ¿Has podido dormir?

«Sigue hablando», se dijo. «Si no lo haces, la besarás y después no podrás detenerte».

–Pues sí, aunque pensé que no podría a causa de los nervios.

Cuando la limusina arrancó, Leo dudó entre subir la pantalla de separación del chófer o no hacerlo. Cedió a la tentación, pero se dijo que era para poder hablar sin que los oyera.

«Seguro. ¿Y qué excusa tienes para ir vestido como vas?», le espetó una voz interior.

No llevaba traje, sino unos pantalones anchos y un jersey.

«No dejas de pensar en lo mismo y nada te detendrá, ni siquiera tu conciencia en el último momento. Lo que sientes por Violet está más allá de tu conciencia y del sentido común. Luchar contra ello es ridículo, y no es lo que ella desea. Ha venido hasta aquí para que la seduzcas. Así que hazlo y deja de justificarte con la excusa de ser un caballero».

Una vez tomada la decisión, Leo dejó de sentir escrúpulos y observó la reacción de Violet al hecho de haber subido la pantalla. Ella abrió mucho los ojos y la respiración se le aceleró, pero no dio muestras de alarma.

Él tenía razón. Era lo que ella deseaba: ¡emoción, aventura, sexo!

Igual que él. Pero a pesar de lo excitado que estaba decidió no apresurarse. Tardarían al menos cuarenta minutos en llegar al aeropuerto, ya que París tenía los mismos problemas de tráfico que Londres. Había tiempo de sobra.

–Quítate la chaqueta –le dijo a Violet–. Aquí hace calor y tardaremos un rato en llegar al hotel. Ella no mostró recelo alguno al girarse para que él la ayudara a quitársela. Cuando volvió a mirarlo, Leo observó que se había ruborizado. Tal vez supiera lo que estaba pensando. Si era así, no protestó.

Desnudarla del todo le pareció inaceptable, pero sí quería quitarle la blusa y el sujetador. Toda la ropa interior, en realidad. El corazón se le aceleró al pensar en ella sentada a su lado, desnuda de cintura para arriba y debajo de la falda.

No, no sentada con él, sino a horcajadas sobre él, y él dentro de ella con uno de sus senos en la boca. Recordó que a ella le gustaba que le succionara los pezones.

La miró y constató que ya se le habían endurecido. Al comprobar que estaba excitada olvidó los últimos escrúpulos. Sin esperar más tomó su cara entre las manos y la besó en la boca.

Trató de no apresurarse y de hacerlo con suavidad al principio, pero los gemidos de ella desbarataron sus buenas intenciones y se puso a besarla y a desnudarla al mismo tiempo. Primero le quitó la blusa y después el sujetador.

Besarla ya no era suficiente. Apartó la boca y le dijo que se tumbara en el asiento. Ella le obedeció sin protestar y esperó, jadeando, a que él la acabara de desnudar por completo.

Le acarició todo el cuerpo, los senos, el estómago, las piernas, entre las piernas...

Ella no gemía, sino que le rogaba, mostrándole su propio deseo.

Cuando él ya no pudo resistirlo más se bajó la cremallera de los pantalones y liberó su erección. Violet se incorporó y se sentó a horcajadas sobre Leo al tiempo que lo agarraba por los hombros y él la penetraba.

Leo le había enseñado cómo hacerlo en esa postura la noche en Sídney, pero entonces le dijo que fuera despacio y con cuidado porque tenía miedo de hacerle daño. Eso ya no lo preocupaba, por lo que la instigó a que se moviera más deprisa. Ella lo hizo con tanta pasión que él alcanzó rápidamente el clímax.

Se hubiera sentido herido si ella no lo hubiera alcanzado a la vez, pero ambos gritaron al unísono y ella se derrumbó sobre él.

Se quedaron así durante un rato, él abrazándola y ella con la cara apoyada en su hombro. Él se hubiera quedado así más rato, pero el tiempo apremiaba.

–Vístete, Violet. Vamos a llegar al hotel.

Ella alzó la cabeza y lo miró con ojos vidriosos. Miró a su alrededor como si se hubiera olvidado de dónde estaban.

Se sonrojó ahogando un sollozo.

Ver que estaba avergonzada lo hirió en lo más vivo. Él tenía la culpa, ya que había sido quien la había seducido y desnudado. Pero no lo lamentaba y deseaba que tampoco ella lo hiciera.

–No, no –dijo mientras le tomaba la cara entre las manos y la miraba a los ojos–. No se te ocurra avergonzarte por lo que has hecho. No hay nada malo en que dos adultos tengan relaciones sexuales, Violet. Eres una mujer muy sexy, y es una de la cosa que me encantan de ti. Estamos recuperando el tiempo perdido, cariño. Si te preocupa que alguien nos haya visto, tranquilízate porque no pueden hacerlo. Nosotros vemos, pero no nos ven.

Ella siguió mirándolo con ojos tristes. Él no quería verla así, sino hacerla feliz. Y lo había estropeado todo por su impaciencia.

Lanzó un suspiro antes de añadir:

–No debí haberte besado hasta estar a solas en el hotel. Sabía que si lo hacía no podría detenerme. Lo siento de verdad, Violet. He dado rienda suelta a toda mi frustración. Tres meses es mucho tiempo sin sexo.

Se sintió muy aliviado al ver que ella le sonreía.

–Podía haberme negado. Los dos tenemos la culpa.

Le encantaba su sinceridad. Además, era verdad lo que decía. Al mismo tiempo, se dio cuenta de que había algo que la inquietaba. Su sonrisa no era como la que le había dedicado al montarse en la limusina.

–De todos modos, no debí haber comenzado –observó él mientras le buscaba los ojos con la mirada–. Estás enfadada, ¿verdad?

–Claro que no.

Lo estaba consigo misma por haber cometido la estupidez de creer que Leo se había enamorado de ella. Joy tenía razón: era un mujeriego. No sabía por qué había reprimido sus necesidades sexuales durante tres meses, probablemente porque era algo que antes no había hecho y lo había utilizado como juego previo.

También había sido acertado el consejo de Joy de disfrutar de sus vacaciones siendo consciente de que solo eran eso: unas vacaciones. Era evidente que lo único que Leo iba a ofrecerle era unos días de sexo y visitas turísticas. Si pudiera aceptarlo... Si dejara de esperar algo más...

«Ya es hora de madurar, Violet», pensó. «Y también de que te vistas».

Se estremeció al pensar que alguien pudiera abrir la puerta y la viera desnuda y sentada a horcajadas sobre Leo. Pensaría que era una desvergonzada, y no serviría de nada que le dijera que lo había hecho por amor. Tampoco estaba segura de creérselo ella. Leo le había dicho que el deseo era más poderoso que el amor. Comenzaba a entender lo que le había querido decir, ya que jamás se hubiera imaginado que tendría sexo con él en una limusina, unos minutos después de llegar a París.

¡Quién sabía lo que le esperaba en los días siguientes!

Trató de despertar en sí misma el sentido del decoro, pero de pronto se sintió muy excitada porque sabía que, si no se levantaba inmediatamente, haría algo malvado. Quería más y más.

Leo vio que se sonrojaba al levantarse y agarrar la ropa interior. Le preocupaba que siguiera sintiéndose avergonzada por lo que acababan de hacer.

A pesar de que, al principio, lo habían cautivado su inocencia e inexperiencia, no quería que ella siguiera actuando así. No era bueno que experimentara sentimientos negativos con respecto al sexo. Por suerte, en los días siguientes, él le enseñaría que no había nada vergonzoso en lo que hacían ni en que ella le mostrara su hermoso cuerpo.

De todos modos, no la miró mientras se vestía para que no se sintiera incómoda. Cuando el chófer les anunció por el intercomunicador que estaban llegando, a Violet solo le faltaba ponerse la chaqueta.

—Deja que te ayude —se ofreció él.

—Gracias —dijo ella sin mirarlo a los ojos.

Leo pensó que tenía que decir algo para romper el hielo, porque le pareció que se estaba alejando de él.

—Espero que el hotel te guste.

Ella lo miró.

—Seguro que sí.

—No es nuevo. Es un viejo edificio con una historia interesante. Fue la residencia de una condesa francesa y, después, en la época victoriana, un burdel.

–¡Caramba!

–El burdel cerró cuando la madama asesinó a un cliente. Según el informe judicial, fue un crimen pasional. Ella se había enamorado de él, que era guapo y muy rico, pero él no la correspondió.

–¿Fue a la cárcel?

–No, fue a la guillotina. Un titular de la prensa de la época dijo que un hombre la había hecho perder la cabeza, un comentario de mal gusto pero divertido.

–Ya no hay pena de muerte aquí, ¿verdad?

–No, ¿por qué lo preguntas?

Leo no entendía qué le pasaba. No se mostraba tan fría, pero tampoco contenta. Y le había hecho la pregunta en tono sarcástico.

Ella se encogió de hombros.

–Por nada. ¿Qué pasó después? ¿Fue entonces cuando el edificio se convirtió en hotel?

–Así fue, durante cierto tiempo. En la Primera Guerra Mundial fue residencia de soldados convalecientes, y en 1920 volvió a manos privadas, las de un marchante que lo restauró con mimo.

–Durante la Segunda Guerra Mundial cayó en manos de los alemanes, que se llevaron todo lo que había en él. Después estuvo vacío muchos años hasta que lo compró un inversor inmobiliario especializado en hoteles. Lo reformó de arriba abajo y lo abrió el año pasado. Las críticas han sido muy buenas, y las fotos que he visto en Internet me han convencido de que era el lugar adecuado para una escapada romántica. Mira, ya hemos llegado.

# Capítulo 19

AL BAJAR de la limusina y mirar la elegante fachada del hotel, Violet pensó que Leo tenía razón, era un lugar perfecto para una escapada romántica.

Que él hubiera dicho «romántica» hizo que se sintiera mejor, ya que eso era lo que quería que fuera Leo, romántico.

Había sido una ingenua al pensar que se había enamorado de ella, pero al menos le importaba, ya que había buscado entre todos los hoteles de París el mejor para llevarla, no un hotel de cinco estrellas de cadena, sino un lugar íntimo con estilo y carácter.

—Es precioso, Leo —le dijo en tono afectuoso.

Le pareció que se sentía aliviado, y se sintió culpable por haberse mostrado fría. No había sido culpa de él, simplemente, ella esperaba más de lo que él podía ofrecerle.

—He pensado que te gustaría venir a un lugar con historia. Y romántico.

Ella sonrió.

—¿Te parece romántico un burdel?

—No me refería a eso. Basta ya de preguntas. Vamos —dijo tomándola de la mano.

Un portero uniformado les abrió la puerta mientras

otro hombre con uniforme se apresuraba a recoger el equipaje de Violet de la limusina.

–*Bonjour, monsieur* Wolfe –dijo el portero–. *Mademoiselle* –añadió.

–*Bonjour*, Philippe.

A Violet le impresionó que Leo se hubiera molestado en averiguar el nombre del portero.

Entraron en el vestíbulo. Violet se quedó alucinada. En su vida había visto nada igual. Parecía una versión reducida del palacio de Versalles. Las paredes estaban cubiertas de espejos de marco dorado y del techo colgaban arañas de cristal. La alfombra era azul oscuro y había antigüedades por todas partes.

–¿Qué te parece? –le preguntó Leo.

Ella lo miró y sonrió.

–Me parece que te ha debido de costar una fortuna.

El se echó a reír.

–Así es, pero ¿para qué sirve el dinero sino para gastarlo? Y tendré mucho más cuando se estrene nuestra película. Y será gracias a ti. Gracias a tu sugerencia, un buen guion se convirtió en uno excelente.

A ella el corazón le dio un vuelco al oírle decir «nuestra película».

–Me muero de ganas de verla.

–Y yo de enseñarte la habitación. Vamos, el ascensor está por aquí.

El ascensor era asombroso. Parecía construido a principios del siglo XX: una caja de hierro forjado con suelo de madera y una puerta que se corría y descorría como el fuelle de un acordeón.

–No te preocupes –dijo él–. Es una imitación. Es totalmente nuevo y funciona de maravilla.

Solo había tres botones, correspondientes a las tres plantas del hotel. Él pulsó el último.

–La planta superior consta de dos suites con balcón. Desde la nuestra hay una estupenda vista de París.

El botones salía de la suite cuando llegaron. Leo le dio una propina y el joven sonrió.

A pesar de que ya sabía el tipo de decoración que iba a encontrar, Violet se quedó sin aliento al entrar, posiblemente más por el tamaño de la habitación que por el mobiliario. Era enorme, con altos techos y ventanas, una gran chimenea de mármol, un salón y un comedor, donde la mesa estaba puesta para dos.

–¡Vaya! –exclamó.

–Me alegro de que te guste. Los aparatos modernos están ocultos. Allí hay un televisor de pantalla plana. No hay cocina, pero sí un hervidor y lo necesario para preparar té, además de una nevera pequeña.

–Nos atenderá un mayordomo personal, que nos servirá las comidas y se llevará todo cuando acabemos. También hay un comedor en la planta baja. Pero he buscado otro sitio para cenar esta noche, a menos que prefieras hacerlo aquí.

–Me hará feliz lo que tú quieras –afirmó ella.

Y era verdad. Sería feliz haciendo lo que él deseara porque había comprobado que no solo la quería para acostarse con ella, ya que entonces no hubiera planeado salir a cenar, sino que la hubiera llevado directamente a la cama.

–Ven a ver el dormitorio –le propuso él con una sonrisa.

Violet contempló la enorme cama con una colcha de seda dorada y montañas de almohadas. Se le aceleró el corazón al imaginarse desnuda, con los brazos y piernas extendidos, atada e indefensa ante los deseos que él le inspiraba. Se le secó la boca.

–¿Qué te parece? Un poco excesiva, ¿no? ¿Has visto lo que hay en el techo?

Ella se sobresaltó al ver un espejo.

–Eso no aparecía en Internet, pero no te preocupes. Si te molesta, haremos el amor con la luz apagada.

El corazón de Violet dejó de latir. ¿Había dicho «hacer el amor»? Sí, no se lo había imaginado.

–No quiero que apaguemos las luces.

–Qué bien. Llevo desde anoche fantaseando con ese espejo.

Violet trató de imaginar a qué fantasías se refería. ¿Estaría ella encima de él?

No había duda de que una puesta en escena tan sexy la excitaba, pero ¿sería eso hacer el amor?

No tenía suficiente experiencia para saberlo. Recordó todas las cosas que el capitán Strongbow había hecho a lady Gwendaline. Muchas veces habían hecho el amor no en la cama, sino en el suelo del camarote, en la playa o en una hamaca colgada de unos cocoteros.

A pesar de todo, Violet nunca había dudado que estuvieran enamorados.

Pero eso pertenecía a la ficción. La vida real no era así. ¿Y si Leo no la quería? ¿Y si solo la deseaba? ¿Y si después de aquellos días le decía que todo había terminado entre ellos?

Él no había hablado de lo que sucedería después de Semana Santa y ella no se había atrevido a preguntar.

¿Cómo se lo tomaría si Leo le decía que habían terminado?

No muy bien, pues lo amaba con todo su corazón.

Tal vez fuera mejor confesarle su amor inmediatamente.

Pero ¿qué lograría con eso? Si él no la correspondía, una declaración de amor eterno provocaría el rápido fin de su escapada romántica; o crearía entre ellos una tensión que no sería sexual. Violet estaba convencida de que Leo no era el mujeriego que Joy creía, sino un hombre bueno y amable que no estaría dispuesto a usar su cuerpo sabiendo lo que sentía por él.

«Entonces, no se lo digas, estúpida. No estropees estos días. Toma lo que te ofrezca. Arriésgate. ¿Quién sabe? Puede que al final se enamore de ti», pensó.

Sí, eso era lo que haría.

—¿Estás cansada? —le preguntó Leo, que estaba a su espalda, poniéndole las manos en los hombros—. Y sin duda tendrás hambre. ¿Por qué no te das un largo baño mientras pido el desayuno? Ya sé que lo tomaste en el avión, pero hace mucho de eso.

A ella se le empañaron los ojos de repente, lo cual la llenó de pánico. ¡No podía llorar delante de él!

—Ve antes de que cambie de idea y te lleve a la cama ahora mismo —le dijo al tiempo que le daba un cachete en el trasero.

—Palabras, palabras... —dijo ella mientras giraba la cabeza y lo miraba con descaro.

Esa era la forma de comportarse, pensó al tiempo que se dirigía al cuarto de baño y cerraba la puerta, juguetona y atrevida.

Él no querría pasar los días siguientes con una ingenua que no cesara de sonrojarse, sino con una mujer adulta. Ya no era virgen, ni ingenua.

De todos modos, lloró un buen rato en la ducha.

Cuando se le agotaron las lágrimas, cerró el grifo y agarró una toalla.

«Se acabó el llorar, Violet», se dijo. «Concéntrate en disfrutar del momento. Estás en París, con un tipo guapísimo que está forrado y que lo sabe todo sobre el sexo. No malgastes un solo segundo de tu estancia en pensamientos negativos».

¿Cómo era esa famosa frase? ¡Aprovecha el día! Ese sería su lema desde aquel momento.

# Capítulo 20

ESTÁS cómoda? –le preguntó Leo con la voz ronca de deseo que Violet había aprendido a reconocer en los cinco días anteriores.

No estaba cómoda. Una no se sentía precisamente así cuando su amante la había atado, desnuda, a los cuatro postes de la cama, aunque las sábanas fueran de seda y también lo fueran las cuerdas con las que la había ligado. Solo pensaba en lo que él le haría.

Aunque se hacía una idea, ya que también la había atado el día anterior, pero boca arriba para que pudiera ver en el espejo lo que le hacía.

En aquel momento estaba tumbada boca abajo con almohadas debajo de las caderas, de manera que sus nalgas se hallaban provocativamente elevadas. No tenía las piernas atadas, pero Leo se las había abierto y le había ordenado no cerrarlas.

El corazón le latía desbocado.

–¿Te parece esto bien, Violet? De pronto te has quedado muda.

–Estoy perfectamente. Deja de torturarme y actúa.

La risa de Leo era tan sexy... Él era tan sexy que no conseguía saciarse de él ni de sus juegos eróticos. Así habían pasado todas las tardes.

–Tienes que aprender a ser paciente, mi amor.

Violet ahogó un grito al sentir que algo suave le recorría la columna.

–¿Qué es eso?

–La borla de una de las cuerdas. ¿Le gusta, señora?

Ella gimió cuando la borla descendió por sus nalgas y se introdujo entre sus piernas, donde él la movió hacia delante y hacia atrás.

–Creo que sí le gusta.

Él repitió la dulce tortura varias veces hasta que ella jadeó de deseo.

–Por favor, Leo –le suplicó.

Pero él no le ofreció lo que le pedía desesperadamente, sino que dejó la borla y empleó los dedos, introduciéndoselos y sacándolos con una pericia que le impedía llegar al clímax y, a la vez, la seguía excitando hasta extremos desconocidos.

Aquello no era semejante a lo que le había hecho el día anterior: provocarle un clímax detrás de otro, primero con los dedos, luego con la boca y después con su masculinidad. Aquello era algo totalmente distinto. ¡Una tortura!

–Vuelvo enseguida, cariño. No te vayas –dijo él de pronto.

Cuando Violet, aturdida, se percató de que se había marchado, lo llamó sin obtener respuesta. Cuando Leo volvió, ella estaba al borde de las lágrimas.

Él se echó a reír ante sus insultos, y se colocó detrás de ella. Y aún tardó un tiempo en penetrarla, muy superficialmente al principio y después cada vez con mayor profundidad. Cuando ella comenzó a mover las caderas, él se las agarró y le alzó aún más las nalgas, lo que le permitió aumentar la profundidad de la penetración. Para entonces, Violet había enloquecido y

contraía y estiraba los músculos en un intento desesperado de obtener satisfacción.

–¡Qué impaciente! –gruñó Leo asiéndola con más
fuerza al tiempo que comenzaba a embestirla con una
intensidad tal que ambos alcanzaron el clímax en
unos segundos.

Violet chilló y él rugió mientras se estremecía y
temblaba al verter su semilla dentro de ella. Después
se derrumbó sobre su espalda y cubrió con sus manos
las de ella.

–Eres increíble, cariño.

Ella fue incapaz de articular palabra.

Leo tardó en recuperar el ritmo de la respiración.
Cuando lo hizo, se alzó para desatarle las muñecas y
extender una colcha sobre ambos. Pronto se quedó
dormido al lado de ella.

Eso formaba parte de la rutina diaria, dormir después de hacer el amor por la tarde para después ducharse y vestirse para salir a cenar. Pero ese día, a pesar de haber alcanzado el mejor clímax de su vida,
Violet no consiguió relajarse.

Al final se puso boca arriba y se miró en el espejo.
Eran casi las seis de la tarde, según el reloj de la mesilla, pero, aunque fuera hiciera frío, en la habitación,
gracias a la calefacción, había veinticinco grados, por
lo que no era necesario vestirse.

Leo quería que estuviera desnuda, y no siempre en
la cama. Decía que le gustaba mirarla. Ella había tardado dos días en acostumbrarse a andar desnuda sin
avergonzarse, y poco a poco descubrió que la excitaba
cómo la miraba él.

Aunque no necesitaba estar desnuda para excitarse.
Desde su llegada a París se hallaba en estado de cons-
tante excitación.

Le había dado lo mismo visitar durante las mañanas la torre Eiffel o el Louvre, aunque a Leo le dijo que le habían gustado. Su mente no estaba para visitas turísticas, sino que anticipaba el momento en que volverían al hotel y harían el amor. Y lo hacían cada tarde, durante horas.

«Vamos, Violet», le dijo la voz de la razón. «Él no hace contigo el amor, sino que tiene sexo. No finjas».

Ella suspiró. Probablemente era sexo, pero a veces le parecía amor, como al volver de cenar cada noche, en que lo hacían antes de dormir. Entonces, siempre le parecía amor, tal vez porque era tarde, las luces estaban apagadas y no veía el reflejo de los dos en el espejo; y la forma de hacer el amor de Leo era menos... imaginativa y más directa.

Por la tarde era cualquier cosa menos directa, ya que había introducido toda una serie de posturas y juegos previos que no eran precisamente románticos. Y eso fue antes de que pasaran a las cuerdas, que ella reconocía que le gustaban mucho. Le gustaba todo lo que le hacía. Pero ¿hacían eso las parejas enamoradas?

No tenía ni idea.

Tal vez se estuviera convirtiendo en una adicta al sexo y por eso no conseguía relajarse, porque quería más. ¿Pero más qué? ¿Más sexo imaginativo o más de Leo?

Daría lo que fuera por estar con él para siempre.

Pero eso no iba a suceder. Durante los cinco días anteriores, él había tenido muchas ocasiones para plantear el tema de qué iba a pasar después con su relación, y no lo había hecho. Nunca hablaba del futuro.

Ella tampoco, desde luego, sobre todo porque no

quería parecer desesperada. Si él quería que se siguieran viendo, acabaría diciéndolo. Probablemente aquella noche, ya que en menos de veinticuatro horas tendrían que volver a casa.

Se emocionó al pensar en el viaje de vuelta y en no volver a ver a Leo. Se le llenaron los ojos de lágrimas y estalló en sollozos.

Leo se removió a su lado y murmuró algo mientras recuperaba la conciencia. Presa del pánico, Violet se levantó de un salto y corrió hacia el cuarto de baño, donde se encerró, se sentó en el borde de la bañera y se llevó las manos a la cara para ahogar los sollozos.

Dos minutos después oyó que él trataba de abrir la puerta. Al no conseguirlo, la golpeó con impaciencia.

–¿Por qué has cerrado, Violet?

Ella trató de calmarse.

–Me duele el estómago –dijo con voz ronca.

–Pobrecita mía. ¿Necesitas algo?

–No, no es grave. Salgo enseguida.

Pero no lo hizo, sino que se duchó y tardó media hora en salir envuelta en un albornoz. Leo estaba sentado, desnudo, con las piernas cruzadas en uno de los sofás y bebía una copa de vino. Por algún motivo, su desnudez la molestó.

–¿Estás mejor?

–Mucho mejor.

–¿Quieres una copa de vino?

–No, ahora no.

–¿Sigues queriendo salir a cenar o prefieres que lo hagamos aquí?

Violet se estremeció al imaginarse la escena: él comiendo desnudo y pidiéndole que hiciera lo mismo.

Y después volverían a la cama, ella excitada e incapaz de negarse a sus deseos.

«Dile que sí», le susurró al oído una voz diabólica. «Puede que sea tu última noche con él. Aprovéchala».

Ella apretó los dientes para resistir la tentación.

–Podemos ir al restaurante del hotel. Tiene muy buena pinta. Todavía no hemos ido y es nuestra última noche.

–No me lo recuerdes. El tiempo ha pasado volando.

–Sí –afirmó ella dándole la espalda para que no viera el dolor en su rostro–. Voy a prepararme un té.

–Pues yo voy a ducharme y a afeitarme.

Violet se preparó el té y salió al balcón. París centelleaba en la oscuridad. Entendió por qué la llamaban «la ciudad del amor». Era una ciudad muy romántica, con el río y sus puentes, los parques y los jardines, sitios, todos, maravillosos para que las parejas los recorrieran agarrados de la mano.

–¿Qué haces ahí fuera? Te vas a quedar helada. Y has dejado las puertas abiertas. Entra enseguida.

«Sí, mi amo», pensó con ánimo rebelde.

De todos modos, entró y él cerró. Violet vio que se había puesto un albornoz y que no andaba pavoneándose desnudo.

Claro que tenía muchos motivos para hacerlo. Poseía un cuerpo magnífico para un hombre de cuarenta años, no excesivamente musculoso, pero ágil y delgado. Los hombros anchos, las caderas estrechas y el vientre plano.

–Voy a arreglarme para la cena –dijo ella–. Tardo más que tú.

Mucho más. Violet había aprendido en los tres meses anteriores que arreglarse requería mucho tiempo.

Los hombres solo tenían que ducharse, afeitarse y vestirse; las mujeres, peinarsc, maquillarse, vestirse adecuadamente para la ocasión, ponerse joyas y perfumarse.

Esa noche, Violet decidió sorprender a Leo con su aspecto. Era un último intento desesperado. Si él no le decía esa noche lo que esperaba oír, su relación habría acabado para ella, ya que no estaba dispuesta a pasarse la vida yendo detrás de un hombre que no la correspondiera. Y se lo diría, no iba a continuar ocultándole lo que sentía. No iba a seguir fingiendo.

—Se acabaron los juegos, Leo —masculló mientras entraba en el dormitorio.

Leo frunció el ceño cuando ella cerró la puerta. Era la segunda vez en una hora que se encerraba y lo excluía. Creyó que estaba enfadada con él.

Trató de averiguar lo que podía haberla disgustado. No parecía haberle importado que la atara, al contrario, había disfrutado de cada momento. Violet era una mujer dispuesta a probar todo lo que le propusiera.

A Leo le había encantado que ella aceptara que la atase. A la mayoría de las mujeres le gustaba. Y a Violet le había gustado sin lugar a dudas, a juzgar por el número de veces que había llegado al orgasmo el día anterior. Y esa tarde, aunque había sido diferente y solo había tenido un orgasmo, su reacción le había demostrado que había merecido la pena. Retrasar la satisfacción la convertía en mucho más intensa.

Concluyó, por tanto, que las actividades de aquella tarde no eran el problema. Había otra cosa que la molestaba.

¿Qué era?

La respuesta la había tenido todo el tiempo delante

de los ojos: era el último día que estarían juntos. Violet no estaba enfadada con él, sino con el destino, que los conducía a extremos opuestos del mundo.

A él tampoco le agradaba que las vacaciones terminaran. Cada vez estaba más loco por Violet.

«No, Leo, sé sincero por una vez. Estás algo más que loco por ella. ¡Te has enamorado!».

Se quedó sin aliento. ¿Cómo no se había dado cuenta antes de que estaba enamorado?

Inspiró con fuerza mientras trataba de analizar la situación con la fría lógica de la que se vanagloriaba y que no había usado desde que conoció a Violet.

Recordó la noche en que se conocieron y lo que había sentido por ella antes de que la lujuria le cegara el juicio. Su inocencia, su sinceridad y su falta de malicia lo habían hechizado. Y claro que lo había atraído sexualmente, pero, sobre todo, le había gustado como persona, hasta el punto de tratar de no verse inmerso en una relación con ella.

¿Por qué? Porque creía ser demasiado mayor y estar demasiado cansado de la vida. De todos modos, había iniciado esa relación y se había dicho todo el tiempo que solo lo guiaba el deseo.

Por extraño que parezca, darse cuenta de que quería a Violet no le produjo una alegría sin límites. ¿Y si ella no le correspondía?

Nunca le había dicho que lo quisiera, lo cual era raro, debido a su edad y a su naturaleza romántica. Era habitual que una chica se enamorara de su primer amante si la satisfacía en la cama. Y él lo había hecho. Pero la primera noche le había advertido que no confundiera el deseo con el amor, por lo que tal vez ella creyera que lo que sentía por él era lo primero.

Y pudiera serlo.

A Leo le pareció increíble que semejante posibilidad le doliera tanto. Fue como si un cuchillo le atravesara el corazón. Trató de serenarse y de volver a emplear la lógica.

Si Violet solo lo deseara, no lo hubiera esperado tres meses. Tenía que sentir algo más profundo. Pero ¿era verdadero amor o el capricho pasajero de una joven por un hombre mayor?

Esa posibilidad tampoco fue de su agrado.

«¿Y si te quiere? ¿Qué pasará entonces, Leo?».

Porque, aunque ella creyera que era amor lo que sentía por él, ¿resistiría el paso del tiempo? Violet era tan joven...

A pesar de lo mucho que deseaba declararle su amor y pedirle que se casaran, pues era lo que de pronto deseaba hacer aunque fuera una locura, no estaría bien presionarla para que tomara rápidamente una decisión sobre un compromiso tan serio. Al mismo tiempo se negaba a perderla. Era suya.

Lleno de apasionada determinación, Leo entró en el dormitorio. Violet no estaba allí. La puerta del cuarto de baño estaba cerrada y oyó el sonido del secador de pelo. Decidió vestirse mientras ella acababa.

Pero no hubo suerte. Después de haberse puesto su traje preferido, ella no había aparecido. Sabía lo mucho que tardaban las mujeres en arreglarse. Violet no era una excepción.

¿Qué haría si ella no lo amaba y no quisiera casarse con él?

Hizo una mueca al tiempo que se le formaba un nudo en el estómago.

No tenía ni idea.

# Capítulo 21

VIOLET se miró por última vez en el espejo. Nunca había estado tan guapa. Había llevado a París cinco vestidos de noche. Se había puesto el de color violeta, de manga larga y falda a la altura de la rodilla, ceñido por un cinturón de cuero negro que realzaba su figura. Y llevaba unos zapatos de altísimo tacón. Se había dejado el cabello suelto y se había maquillado a la perfección. Un toque de perfume y estaría lista.

Tragó saliva y salió del cuarto de baño.

Le satisfizo la mirada de admiración de Leo al verla, pero siguió tensa. Así la había mirado todas las noches antes de salir. No detectó amor en sus ojos.

Él tenía un aspecto espléndido con su traje gris. Pero siempre lo tenía, con cualquier tipo de ropa, vestido o desnudo.

–¿Qué puedo decirte? –él sonrió al tiempo que le agarraba una mano y se la llevaba a los labios–. Estás arrebatadora.

Violet se limitó a devolverle la sonrisa.

Sin soltarle la mano, Leo la miró a los ojos.

–Mientra te arreglabas, he estado pensando.

–¿En qué?

–En nosotros.

Violet intentó tragar saliva, pero tenía la boca seca.

–¿Qué pasa con nosotros? –el miedo hizo que el tono fuera frío e indiferente.

Él frunció el ceño

–Quieres seguir viéndome, ¿verdad? Yo, desde luego, sí. Sé que vivimos a miles de kilómetros de distancia, pero, en el futuro, podríamos encontrarnos a medio camino. En julio tengo que ir a Hong Kong para un proyecto cinematográfico. Desde Australia son ocho horas de vuelo. Podríamos pasar juntos un fin de semana largo o una semana. Después iré a Dubai...

–¿También tienes negocios en Dubai? –le espetó ella, decepcionada y furiosa al sentirse utilizada.

Él no pareció darse cuenta.

–No, pero siempre he querido ir, y también está a medio camino de Australia. Podríamos vernos más adelante allí. Y en Navidades volvería a Sídney a ver a Henry.

–¿Sí? ¿Y para entonces sabrá Henry lo que hay entre nosotros?

–No, todavía no.

Ni entonces ni nunca, pensó ella con amargura. Sería su sucio secreto, su amante a distancia y no, desde luego, su única compañera de cama. Un hombre con el considerable apetito sexual de Leo no prescindiría del sexo cuando no estuviera con ella. Había sido una estúpida al pensar que la había esperado durante los tres meses anteriores.

Se soltó bruscamente de su mano. Leo se sobresaltó.

–Lo siento, Leo –afirmó ella tratando de que no le temblara la voz–. Pero en este momento de mi vida eso no me sirve. Quiero algo más que un novio a tiempo parcial que vive en el otro extremo del mundo. No es que no me guste estar contigo; me gusta, y mucho. Joy me dijo que era afortunada porque fueras mi primer amante, y estoy de acuerdo. Me has introducido muy bien en el sexo, por lo que te estaré eternamente agradecida.

—¡Agradecida! —Leo la miró sin expresión, como lo hace alguien que se halla en estado de shock, lo cual complació a Violet. Seguro que él había creído que aceptaría su propuesta como la tonta que era cuando se conocieron. Pero había cambiado.

Le sonrió fríamente.

—Sí, agradecida. Estoy segura de que para muchas chicas su primera experiencia sexual es terrible. Estoy contenta de que el destino me hiciera esperar a alguien como tú, mayor y experimentado. He disfrutado mucho contigo, pero ya es hora de que siga adelante. Te agradezco tus amables propuestas, pero debo rechazarlas.

Él la miró fijamente y a ella le sorprendió la expresión de sus ojos; parecía destrozado.

Pero esbozó una extraña sonrisa.

—Qué ironía —murmuró.

—¿El qué?

Él se encogió de hombros y le dio la espalda.

—Mejor que no lo sepas.

—Odio a la gente que me dice eso. Es de un egoísmo sin límites. Pero tú eres un egoísta —le espetó. Había perdido los estribos, a pesar de sus intentos de controlarse—. Eres egoísta, arrogante y presuntuoso.

—¿Creías que haría lo que me dijeras sin ofrecerme nada a cambio? Ni un compromiso, ni afecto, ni, por supuesto, amor. ¿Sabes siquiera lo que es el amor? ¡Lo dudo! Por las mujeres solo sientes lujuria.

Le pareció que iba a estallar de un momento a otro, pero no había acabado con él.

–Creías que comprarías mi cuerpo con vuelos en primera y restaurantes de cinco tenedores. Pues, para que lo sepas, canalla, no puedes. ¡No estoy en venta!

Leo no se había movido del sitio y le seguía dando la espalda. Así que, cuando se dio la vuelta y ella vio que medio sonreía, se le elevó la presión arterial un poco más.

–Me quieres, ¿verdad?

Las defensas de Violet se derrumbaron. No tenía sentido negarlo. Él lo sabía.

–Claro que te quiero, estúpido. ¿Por qué crees que accedí a venir? ¿Quién te crees que soy?

–Te lo voy a decir. Eres la mujer más dulce, agradable, inteligente y sexy que conozco, y te quiero más de lo que puedo expresar.

Violet lo miró con la mandíbula desencajada.

–No te he dicho nada antes porque no quería que tomaras una decisión precipitada –prosiguió él tomándole las manos–. Tienes razón en llamarme estúpido. No me di cuenta de que era una tontería proponerte que nos viéramos de vez en cuando en alguna ciudad del mundo.

–Lamento mucho que creyeras que solo te quería como amante a tiempo parcial. Quiero mucho más. En primer lugar, no quiero que vuelvas a casa, sino que te vengas a vivir conmigo a Londres. Bueno, no es eso lo que de verdad quiero, pero valdrá de momento. Lo que de verdad deseo es que seas mi esposa.

–¡Tu esposa!

–Sí, mi esposa. Así que, por favor, dime si es eso lo que tú también deseas –le apretó las manos con fuerza–. No me dejes con la incertidumbre.

–¡Ay, Leo! –gritó ella con los ojos llenos de lágrimas.

–¿Eso es un sí o un no?

Cuando ella asintió, la tomó en sus brazos, pero no la besó, sino que la abrazó con fuerza.

–Nunca creí que me sentiría así –le dijo con voz emocionada–. Hace un momento, al pensar que no me amabas, el mundo estuvo a punto de derrumbarse.

Violet se echó hacia atrás y le sonrió.

–¿Cómo no iba a querer al hombre más dulce, agradable, inteligente y sexy del mundo?

Él se echó a reír.

–¿Y lo de egoísta, arrogante y estúpido?

Ella negó con la cabeza.

–No eres nada de eso.

–Sí, lo soy con frecuencia.

–Nadie es perfecto, empezando por mí.

–Para mí sí lo eres.

Ella lanzó un suspiro de felicidad.

–Debemos casarnos enseguida, antes de que descubras que no es así.

–Me parece bien, pero ¿estás segura?

–Totalmente –¿cómo no iba a estarlo? Era un sueño hecho realidad.

–En ese caso, debo hacer algo inmediatamente, antes de bajar a cenar.

–¿El qué?

–Llamar a Henry.

Ella hizo una mueca.

–No le va a sentar nada bien.

–Tal vez te sorprenda su reacción.

Lo hizo. Tras los primeros segundos de incredulidad, a los que siguieron una serie de preguntas difíciles, Henry aceptó la situación de buen grado y felicitó sinceramentc a Violet cuando habló con ella. Parecía muy contento por los dos, lo que a ella la alegró mucho, ya que le hubiera dolido que Henry no aprobara su unión.

–Puedo seguir trabajando para ti desde Londres –propuso ella–. No hace falta que esté allí, ya que existe Internet.

–Excelente sugerencia. Te tomo la palabra.

–Estupendo –Violet no quería dejar de trabajar.

–Bueno, estoy seguro de que tendrás cosas mejores que hacer que hablar con tu futuro suegro. Besos para Leo, y dile que esto es, con diferencia, lo mejor que ha hecho en su vida. Estoy orgulloso de él.

–Tu padre me ha dicho que está orgulloso de ti –informó a Leo después de colgar.

–¡Vaya! Seguro que le caes muy bien, cariño. ¿Quieres llamar a tu familia para contárselo?

–Esta noche no. Pueden esperar. Ya saben que estoy en París contigo. ¿Y tu hijo?

–Liam también puede esperar. Esta noche es para nosotros. Quiero disfrutar de nuestro amor. ¿Seguro que todavía quieres ir a cenar?

–Sí, tengo un hambre canina.

–Creí que te dolía el estómago.

–No, estaba llorando en el cuarto de baño.

–Siento haberte hecho creer que no te quería. Te quiero desde que te conocí, pero no me había dado cuenta, y esta tarde, al hacerlo, debí habértelo dicho inmediatamente. Supongo que me daba miedo.

Sus palabras la conmovieron. Siempre parecía muy seguro de sí mismo. Pero entendió que nadie era perfecto.

–Dímelo ahora.

–Te quiero, Violet.

–Y yo a ti, Leo –contestó ella rodeándole el cuello con los brazos y acercando su boca a la de él.

Se besaron, pero no con pasión, sino con amor. Después bajaron a cenar. La cena fue magnífica y estuvieron mucho tiempo haciendo planes.

–¿Qué piensas sobre tener hijos, Leo? –preguntó ella mientras tomaban café–. Me gustaría tener al menos uno.

–Me parece una excelente idea. Me gusta mucho ser padre. Liam fue lo mejor que me dejó mi primer matrimonio.

–¿Y el segundo? ¿Te importa que te lo pregunte? Él suspiró.

–No es una historia agradable.

–No me importa. Quiero saber lo que pasó o me lo estaré preguntando toda la vida.

–Muy bien. Creí que estaba enamorado de Helene. Son increíbles las malas pasadas que te puede jugar el ego. Pero el amor no intervino en absoluto en nuestra relación, sino la imagen y la posición social. Cuando nos conocimos, yo acababa de ganar un premio a la mejor película y Helene había ganado la votación de la actriz más guapa del mundo que organizaba una revista del corazón. Se les olvidó mencionar que era asimismo la más vanidosa, amoral y ambiciosa que he conocido. ¡Y créeme que he conocido unas cuantas!

–¿Y qué pasó?

Él se encogió de hombros.

–Antes de cumplirse un año de casados, la sorprendí en la cama con el protagonista de la película que estaba rodando. Me dijo que no significaba nada para ella.

–Qué penoso para ti, Leo.

–Solo lo fue al principio. Después me di cuenta de que me daba igual y pensé que no volvería a enamorarme. Antes de conocerte no sabía que nunca había estado enamorado de verdad.

–Me gusta oírtelo decir. Ya vale de hablar del pasado. Volvamos a nosotros. ¿Cuándo quieres casarte?

–Me casaría mañana mismo si pudiera. Pero sé que se tarda algo más en organizar una boda.

–Es cierto. Me gustaría casarme en Australia, si no te importa, para que mi familia pueda acudir a la boda.

–Me parece bien. Y con respecto a los hijos, ¿quieres esperar a que estemos casados o intentarlo inmediatamente?

–No lo sé. Si lo intentamos ya, tendré que dejar de tomar la píldora.

–¿Y qué problema hay?

–¿Y si los granos me vuelven a salir?

A Leo se le encogió el corazón al ver el pánico en sus ojos. ¡Cómo si fuera a quererla menos por unos cuantos granos!

–Lo dudo mucho. Pero, si te preocupa, ve antes al dermatólogo. En Londres están los mejores médicos del mundo.

–Y también los directores –afirmó ella sonriendo.

A Leo le conmovió el comentario.

–Podría ser el mejor director del mundo contigo a mi lado. Formamos un equipo estupendo. Si ya te has terminado el té, va siendo hora de que nos retiremos a celebrar nuestro compromiso de forma más íntima.

Ambos se levantaron y él la tomó de la mano.

–No irás a atarme otra vez, ¿verdad? –susurró ella.

–No, a menos que quieras –susurró él a su vez.

Esta noche, no. Esta noche quiero que hagamos el amor abrazados y mirándonos a los ojos.

–¿En la postura del misionero?

–Es una forma ridícula de denominarla. La voy a bautizar con el nombre de «postura del amor».

–Muy bien, pero espero acordarme de cuál es, porque hace ya tiempo desde la última vez.

Ella lo fulminó con la mirada y él se echó a reír.

Hicieron el amor en dicha postura no una vez, sino dos. Leo pensó mientras se iba quedando dormido que era una forma de hacerlo muy satisfactoria cuando una pareja se quería.

Y ellos se querían.

Desde luego que sí.

# Capítulo 22

*Nochevieja, ocho meses después*

–Eres una novia preciosa –le dijo su madre a Violet–. Me encanta el vestido. Es maravilloso, ¿no te parece, Vanessa?

–Por supuesto. Leo es un hombre afortunado.

–Creo que la afortunada soy yo –replicó Violet al pensar en el hombre con quien se iba a casar. Era todo lo que podía desear en un marido. No solo era fuerte y sexy, sino también sensible y generoso hasta decir basta. Había pagado a la familia de Violet el vuelo hasta Sídney y la estancia en un hotel de cinco estrellas, así como el alquiler de dos limusinas para los desplazamientos.

A sus padres, Leo les parecía maravilloso. Sus hermanos, Gavin y Steve, eran de la misma opinión. Solo Vanessa había manifestado dudas sobre él, pero al conocerlo desaparecieron.

Llamaron a la puerta de la habitación y Henry asomó la cabeza.

–Soy yo, no el novio. Conozco la tradición, pero tengo una sorpresa para Violet.

Abrió la puerta y entró Joy.

–¡Oh! –gritó Violet.

La habían invitado, desde luego, pero ella les había

dicho que no iría a causa de la artritis, ya que no podía estar sentada muchas horas en un avión.

Joy sonrió.

–En el último minuto he decidido aceptar volar en primera clase, como me había ofrecido Leo. Es un hombre muy convincente.

–Y que lo digas –afirmó Violet–. Estoy muy contenta de verte –añadió mientras la abrazaba.

–Yo también. ¿Son tu madre y tu hermana? ¡Qué guapas!

Volvieron a llamar a la puerta.

–Soy yo otra vez –dijo Henry–. Ya es casi la hora, Violet. Si queremos ver los fuegos artificiales de las nueve, mejor será que la ceremonia haya acabado para entonces.

–Muy bien. Mamá, ve a decirle a papá que entre y tú, Vanessa, ayúdame a ponerme estas flores en el pelo. Joy, ve con Henry a la terraza.

Habría espacio de sobra para todos, ya que aparte de la familia de Violet, solo habían invitado a Joy y a Liam, el hijo de Leo, que había venido con su novia.

–Qué segura de ti misma te has vuelto! –exclamó Vanessa–. ¡Y qué guapa!

Violet se emocionó al oír sus palabras.

–¿Sabes que he cambiado la píldora que tomaba por una mini píldora y no me ha salido ni un grano?

–Tienes una piel preciosa. Te envidio. A mí me están empezando a salir arrugas.

–No digas tonterías. Estás muy bien, y ya eres madre. Espero tener un tipo como el tuyo después de tener hijos.

–¿Quiere Leo tenerlos?

–Desde luego. Si por él fuera, tendríamos uno mañana mismo, pero quiero que estemos los dos solos durante un tiempo.

–No me extraña. Es fabuloso. Te preguntaría cómo se porta en la cama, pero no hace falta, lo llevas escrito en el rostro.

Violet se sonrojó.

–¿Tan bueno es? –preguntó su hermana.

–Pues sí –afirmó Violet sonriendo.

En ese momento entró su padre.

–¡Caramba! –exclamó–. ¿Cómo un viejo estúpido como yo se las ha arreglado para tener unas hijas tan hermosas?

Violet y Vanessa se miraron sorprendidas. Era la primera vez que oían a su padre decir tantas palabras seguidas y, además, elogiosas.

–¿Estáis listas? Henry dice que ya es la hora.

–Estamos listas –afirmaron ambas al unísono al tiempo que agarraban los ramos de flores.


Leo trataba desesperadamente de parecer tranquilo y despreocupado mientras esperaba a que apareciera Violet. Pero, en realidad, sentía un hormigueo en todo el cuerpo, fruto del nerviosismo. Llevaba ocho meses esperando esa noche, demasiado tiempo, pero se había plegado a los deseos de Violet de casarse la misma noche y en el mismo lugar en que se conocieron. Una idea muy romántica.

En realidad, Leo haría cualquier cosa por complacerla.

De todos modos, sabía que había sido sensato esperar para casarse, pues así Violet había tenido la posibilidad de estar segura de sus sentimientos. Y él también estaba seguro, ella lo quería tanto como él a ella.

Era un sueño vivir y trabajar con ella.

Y, asimismo, lo era hacerle el amor porque siempre estaba dispuesta y receptiva. Y a veces era muy traviesa. Le había regalado unas esposas forradas de piel por su cumpleaños. Y cuando él fingió sorprenderse, ella le dijo que no se preocupara, que la piel era falsa.

Sonrió al recordarlo. ¡Qué descarada!

Henry le dio un codazo en las costillas y lo devolvió a la realidad. La música había comenzado a sonar.

Vanessa fue la primera en salir al balcón. Sonrió a Leo al pasar, pero este solo tenía ojos para la novia. Contuvo la respiración al verla. Llevaba un vestido blanco, sencillo y elegante. No llevaba velo, sino flores blancas en el pelo y los pendientes de diamantes que él le había regalado cuando se estrenó la película con gran éxito.

Estaba preciosa y radiante de felicidad.

Su padre iba a su lado. Sonrió a Leo y le entregó la mano de su hija al tiempo que le susurraba:

—Cuida de ella.

Los dedos de Leo apretaron los de Violet.

¿Que la cuidara? ¡Moriría por ella!

El oficiante, un amigo de Henry, avanzó unos pasos.

—Nos hemos reunido esta noche para ser testigos de la unión en matrimonio de Leo y Violet. No han querido pronunciar los votos habituales, sino que han escrito los suyos propios. ¿Empiezas tú, Leo?

Él agarró las manos de Violet.

—Querida Violet... —tuvo que carraspear para poder continuar hablando—. Gracias por quererme y por aceptar ser mi esposa. Prometo serte fiel y hacer todo lo que esté en mi mano para que seas feliz. Todo lo que tengo es tuyo –dijo al tiempo que tomaba el anillo que le daba Henry y se lo ponía–. Mis bienes, mi cuerpo y mi amor incondicional.

Violet sabía que era su turno, pero al principio no pudo hablar. Leo le apretó la mano y ella se recuperó un poco mientras tomaba el anillo que le daba su padre para Leo.

–Querido Leo, gracias por quererme y por pedirme que me case contigo. Prometo serte fiel y hacer todo lo que esté en mi mano para hacerte feliz. Eres mi héroe y mi verdadero amor. Te cuidaré todos los días de mi vida –dijo. Y le puso el anillo.

Leo vio que los ojos se le llenaban de lágrimas, igual que a él. El oficiante los declaró marido y mujer sin más dilación.

Leo no esperó a que le diera permiso para besar a la novia, sino que la abrazó inmediatamente. Y cuando se besaron comenzaron los fuegos artificiales.

–Te quiero, Violet –murmuró él.

–¿Crees que podemos marcharnos? –susurró ella a su vez.

–Todavía no.

–Qué pena.

–Las bodas no son solo para las felices parejas, sino también para las familias. Al menos, eso es lo que me has dicho.

–Pues he sido una tonta.

–En absoluto. Además, no hay prisa. Tenemos toda la vida.

¡Ah! –exclamó ella–. Me gusta la idea.